テニスンの言語芸術

西前美巳 著

開文社出版

目　　次

第1部　テニスンの絶唱を読む

第1章　序にかえて —— いま、テニスン芸術をどうとらえ
　　　　直すか ……………………………………………………… 3

第2章　『モード』Maud のなかの愛誦抒情詩篇 ……………… 12
　　　　—— さまざまな詩形と韻律の花園

第3章　『王女』The Princess のなかのソング（Songs）……… 30
　　　　—— 燦然と光る抒情歌群の点綴

第4章　「ヘスペロスの娘たち」'The Hesperides' …………… 73
　　　　——〈神話と象徴〉に彩られた若き詩人の心象風景

第5章　「ロックスレー・ホール」'Locksley Hall' ………… 102
　　　　—— 自伝的要素の断章が奏でる青春譜

第6章　「ティソウナス」'Tithonus' ………………………… 141
　　　　——〈嗟嘆の絶唱〉として極まる男と女の愛の物語

第7章　「イン・メモリアム＝スタンザ」……………………… 163
　　　　—— 英詩韻律上、ユニークな脚韻と詩形

第 2 部　ロマン主義の揺曳と残響

第 1 章　テニスンとロマン派詩人たち……………………………… 181

第 2 章　キーツとテニスン………………………………………… 193

第 3 章　テニスン詩にみる光のイメージ………………………… 204

参考文献……………………………………………………………… 219

あとがき……………………………………………………………… 233

初出一覧……………………………………………………………… 237

索引…………………………………………………………………… 239

第1部

テニスンの絶唱を読む

第1章 序にかえて

――いま、テニスン芸術をどうとらえ直すか――

1 テニスン再評価への「新しい波(ヌーベルバーグ)」

　周知のように、テニスンはその前半生においては自作に対する批評家の酷評に悩まされたり、実生活の面でも労苦や窮乏に苛まされたりして、40歳になるまで結婚さえできないほどの、いわば「模索と彷徨」の日々の連続であった。しかし、19世紀の後半、そしてこの詩人の後半生（1850-92）においては、ワーズワスの後任として桂冠詩人に任命され、一躍 'The Poet of the People' と謳われたり、'The Poet of the Age' とまで称揚されて、文字どおりヴィクトリア朝時代を代表する大詩人として最高の名声と栄誉を与えられたのである。生存中にこの詩人ほど、あらゆる面において恵まれた英国詩人は存在しなかったであろうといわれるほどの成功を成就したのである。

　ところが、20世紀に入って間もなく、生存中の人気と反比例して、圧倒的な反動を招来することになり、忽ちにして不評の谷底に陥れられたのである。いわゆるヴィクトリアニズムなるものに対する時代の反動は、その時代を代表したテニスンに、いわばスケープゴートの役目をさせた感があるほどであった。確かにその後半生では、時代とともに生き、時代の風潮に敏感に反応しながら時代の声となり、時代の

第1部　テニスンの絶唱を読む

預言者とさえ仰がれながら詩作してきたこの詩人にとっては、この帰結はむしろ当然であったのかもしれない。P. F. Baum は、"In so far as he reflected his age, he was a product of his age."（*Tennyson Sixty Years After,* Chapel Hill, 1948, p.20）といっているが、まさしく時代の産物なるがゆえに、その時代に対する反動が起これば、その代表者としてのテニスンがスケープゴート的存在になるのは必然的であったのかもしれない。このような運命は、散文界におけるその時代の代表者 Dickens にも共通しているといえよう。

　しかし第2次大戦後、ヴィクトリアニズムの攻撃者たちが次第に人気を失い、また世代の推移が父親の代に対する反感、反目から、祖父の代に対する懐旧、愛着へと変遷するにつれて、反動に対する反動が起こり、テニスンの再評価への機運が澎湃として高まっているのは当然の現象といってよい。価値あるものは価値があるからである。殊に近年続々と発表されている多角的な研究や批評のおかげで、この詩人の新鮮な魅力は一層強調され、テニスン芸術の再評価はそのあるべき姿に軌道修正された形となっている。もっとも、こうした再評価を試みる学者や批評家の見解や主張に関係なく、英国一般の読者は、この詩人の作品をもの静かに楽しみ続けてきていたというのも事実であろう。Oxford や Macmillan の出版社から刊行されるテニスン詩集は、長年にわたって隠れたロングセラーズのひとつになっているといわれるが、この事実はいかにこの桂冠詩人が英国人や英語の読める国民のあいだに静かに敬愛され続けているという証左になるといってよい。

　今日、T.S.Eliot の「テニスンは次のような明白な理由でまさに偉大な詩人である――即ち、最も偉大な詩人以外には殆ど発見されないような3つの特質、'abundance' 'variety' そして 'complete competence' なるものを、まさしく有しているからである」という評言に異論を唱える人は殆どいないのではなかろうか。

　考えてみれば、このような詩人としての特質は、1830年、1832年、1842年の初期詩集群の中に既に十分窺われるものである。この詩人が詩人として本来持っていた芸術的特質とはどのようなものであったかは、なんといってもこうした初期の、つまりヴィクトリアニズムなどというレッテルを貼られる前の、チョーサー以来の英詩の伝統を踏まえた作品の中に顕著に窺われるといってよい。

　しかしながら、ヴィクトリアニズムというヴェールを押しつけられても、テニスンの詩的天才が鈍ってしまったとは到底考えられない。こうしたヴェールを帯びながら、その背後に依然としてますます円熟するテニスンの詩才が存在することは、*In Memoriam*（1850）や *Maud*（1855）あるいは後期の諸詩集をみても明らかだと思われるからである。

　イギリス本国はもとより、殊にアメリカにおけるテニスン研究の熱は近年目を見張るものがある。60年代、70年代そして80年代になって画期的なテニスン研究の諸々の成果が、陸続として刊行・出版されてきている。以下はそれらについて、概略を重点的に述べてみたい。

2　テニスン研究・基礎資料の画期的充実

　テニスンの伝記といえば、長男ハラムの編纂した *A Memoir*（2 vols., 1898）をはじめ、孫チャールズによる *Alfred Tennyson*（1949）が一般に知られている。60年代には、J. H. Buckley（'60）, J. Richardson（'62）, R. W. Rader（'63）などが、それぞれ独自性溢れ

第1部　テニスンの絶唱を読む

る伝記的研究を展開してきたが、1969年になって、それまで公開・公刊禁止令の出されていた詩人の草稿・日記類が解禁となり、それ以後堰を切ったように新しい真実の詩人像を構築する伝記的研究書が続々刊行されてきているのは、喜ばしい限りである。

　70年代前半になっては、Christopher Ricks, *Tennyson*（'72）, Charles Tennyson & H. Dyson, *The Tennysons: Background to Genius*（'74）などの名著がいずれも Macmillan 社から刊行され、文字どおり天才詩人誕生への軌跡の一端がなまなましく開陳されている。後半から、80年代早々にかけて、画期的な2冊の伝記本が、解禁された新しい資料を駆使して出版された。この2書については、以下、多少詳しく触れたい。

　Philip Henderson, *Tennyson: Poet and Prophet*（Routledge & Kegan Paul, 1978）という書は、研究書にありがちな肩肘張った嫌味など全くなく、平明流麗な、達意の文によって、鮮やかな清新なテニスン像を浮き彫りにした書である。ヴィクトリア朝文学再評価の現今の風潮に見事応えた伝記的快挙といえる。「詩人・預言者」としてのテニスンの人間的哀歓を淀みなく描出している点で特筆すべき意義がある。特に詩人に重要な関係をもつ人間群像——学殖豊かではあったが躁鬱病の父親、刎頸の交わりの A. Hallam, 初恋の乙女 Rosa Baring, 10年間の求愛時代を経てようやく結ばれた E. Sellwood との関係など、実に鮮明に描出されている。また詩人が *In Memoriam* を出版後、桂冠詩人として人気はいよいよ上昇し、文人として最高の栄誉を得るに至る後半生の経緯も詳細に、しかも偏りなく開陳されている。殊に晩年から死に至るまでを扱った章などは迫力に富む叙述である。

第1章 序にかえて

　Robert Bernard Martin, *Tennyson: The Unquiet Heart*（Oxford: Clarendon Press / Faber & Faber, 1980）は、650ページを超す厖大な量の労作であるが、全体を34の章に区分し、83年に及ぶこの詩人の生涯について過不足なく論述している。テニスン自身やその家族、友人たちによる何千という書簡や、その他の未公開の新資料を縦横に活用して、感受性に富む、共感溢れるテニスン像——それも、同時代人たちの眼を通した赤裸々な姿の詩人像——を描出している。テニスン家の＜黒い血＞、父親の重度のアル中や癲癇、また阿片による幻覚などのもたらす奇行など、詩人の前半生を悩まし続けた出来事が詳細に、鮮やかに叙述されている。特に本書の独創的な論旨として注目すべき点は、詩人が40歳になるまで結婚しなかった理由に関する従来の解釈を一変させたことであろう。即ち、「定職がなく、収入不安定で貧困のため」という定説を覆し、「詩人もまた父親の癲癇の遺伝があるのではないか、そして自分の子供たちにもこれが遺伝するのではないかという危惧感、恐怖感のせいであった」と論断している点である。

　また結婚するまで詩人が一般に想像されているように貧乏ではなかったという点を新資料をもとに立証し、「田舎者の頑迷さの混じった臆病な性質のために、頭の中で描かれた貧乏が、現実の貧乏と同じぐらい効果的に結婚嫌悪症を引き起こしたのだろう」と主張する。詩人の結婚前の性に関する暴露的な事実などは本書にはないが、数々の友情の推移・消長を通じて、詩人の我儘、依怙地な性質の浮き彫りが克明になされている。Queen Victoria, A.Hallam, Gladstone, The Brownings, E. Lear, Rossetti その他、当代の巨匠たちとの、しばしば奇妙に思われる関係については、殊に目覚ましい斬新な照射がな

第1部　テニスンの絶唱を読む

されているのも特筆すべきことである。

　テニスン研究における必須の重要資料と目される画期的な一大「テニスン書簡集」が、全3巻の計画で刊行開始されたのは、ちょうど18年前の1982年のことであった。C. Y. Yang & E. F. Shannon, Jr.の編する The Letters of Alfred Lord Tennyson の第1巻は、詩人の12歳頃（1821）から41歳（1850）の年、つまり In Memoriam の出版、結婚、桂冠詩人への任命などという度重なる慶事に恵まれた、あの「驚異の年」にいたるまでを扱ったものである。

　本書簡集に浮かびあがるテニスン像は、概して平穏・幸福なものではない。苦渋に満ちた酔っ払いの父親、とり乱した母親、大勢の兄弟、妹たちがサマスビーの牧師館に垣間見られたのである。ケンブリッジでの3年間の生活、父の死、ハラムとの交遊、ハラムと妹との婚約、ハラムの急死、『季刊評論』における自作への酷評、家計の窮乏、また40年代前半の水治療法による加療などの様子が生々しく理解されてくる。そしてこのような経緯をとおして前述の「驚異の年」に至る様相が、厖大な書簡によって赤裸々に開陳されてくる。第1巻では、約2000通の手紙類が公的、私的ソースから収集されている。これらのうち、詩人の兄たちの不品行が父や祖父を慨嘆させる箇所、詩人の両親の不仲を物語る箇所、Dickensと詩人がローザンヌで会食した折のエピソードなどは殊更、感銘深い。更に、本書の冒頭を飾る40ページにも及ぶ序文には、テニスン資料の各種コレクションの特徴、収録書簡の概略などが紹介され大変役立つ。

　第2巻は、5年後の1987年に刊行された。1850-1870年にわたる書簡集である。詩人テニスンの最盛期における姿が数多くの書簡を通じて浮き彫りにされている。文学界、思想界、政界、芸術界などの偉人、

第1章　序にかえて

有名人たちの間にあっても自信に満ちたテニスンが現われてくる。しかしそれでいて尚、あのリンカンシャーの片田舎の息子の面影は失うことはない。その子供っぽい所作はみんなを驚かすのである。青年の頃から既にして貧しい一家の家長として苦吟した詩人であったが、今や自らの一家の家長として、成人に達した2人の息子、2つの家、そして2つの生活（ロンドン＆郷里）をとりしきっていたのである。

種々の書簡を通じて、「軽騎兵突撃のうた」『モード』『国王牧歌』などに関して、また出版社とのやりとり、更に、国内、国外への旅について興味ある事実が明らかになる。これらの旅の経験は、詩人の詩作の泉となっていることが判るのである。

第3巻は、1871-1892年という、詩人最後の21年間にわたる書簡集である。劇作家として部分的な成功しか収めなかったものの、そのような活躍を反映した興味深い書となっている。勿論、物語詩や抒情詩もその力を減じることなく、連綿と作詩されていた時期でもある。しかしなんといっても詩人はそのエネルギーの殆どを劇作に傾注していた。*Queen Mary, Harold, Becket, The Falcon, The Cup* など続々と作られ、上演されたが、中でも *The Falcon* は67夜、*The Cup* は130夜、連続上演されている。書簡集は、詩人が上演のためにテキストを改訂したり、当代一流の役者たちとの交遊関係、特に Henry Irving などについて様々な照射をあてた興味ある人間関係を示している。このほか、Swinburne, Alfred Austin, G.Eliot, Hardy, Henry James, Theodore Watts, Edmund Gosse, Longfellow, J.R. Lowell, Whitman などとの交流も興味深い。またテニスンが爵位について如何に考えていたか、また当時の人々のそれに対する反応なども如実に示され有意義である。詩人晩年期の家庭状況、Gladstone と

第1部　テニスンの絶唱を読む

の交遊関係などもこの書の圧巻といってよい。1巻、2巻刊行後に発見された書簡も相当数追加されており、また、各巻すべてに詳細にして完璧な索引がつけられて大変便利がよい。

　英文学研究における「ケンブリッジ学派の見事な収穫」と称揚されている Christopher Ricks 編纂の *The Poetry of Tennyson* なる詩集の再版 3 巻本に言及しておかなければならない。周知のように、1969年 Ricks 教授は同名の初版本（1869頁）を 'Longman Annotated English Poets' 叢書の 1 冊として刊行したが、この書はそれまで発表・公刊禁止令の出ていたテニスンの Trinity MSS を十分活用していることで、従来の詩集、全集とは全くその価値・意義を異にしている、まさに画期的な書である。Trinity MSS というのは、1924年詩人の長男ハラムがケンブリッジの Trinity College に寄贈した MSS のことである。

　1987年、同教授はその 1 冊本詩集を 3 巻本に増補・改訂したのである。第 1 巻は 693 頁、第 2 巻は 755 頁、第 3 巻は 685 頁という、まさに各巻レンガ大の大著であり、文字どおり圧巻というべき一大詩集が誕生したのである。260 頁を超す増補によって、いよいよこれは決定的な価値をもつ充実したものとなった。総頁は 2,133 頁となる。Annotated Series というこの叢書の方針に従った詳細な脚注は、多くの parallel passages を示してくれるし、他の詩人の作品との連関・残響などが窺われて誠に意義深い。更にこの書の特徴は、今世紀に入ってからの研究者の成果をも十分考慮している点であろう。

　書簡集、伝記、そして研究の生命線ともいうべき「詩集決定版」の刊行が揃いぶみした昨今、いよいよテニスン研究はその基礎資料の画期的充実期を迎えることになる。ヴィクトリア朝文学に新しい光が照

第1章 序にかえて

射されようとしている現在、テニスン研究においてもヌーベル・バーグの台頭が力強く見られるようになることをせつに望むものである。

第2章 『モード』 *Maud* のなかの愛誦抒情詩篇
―― さまざまな詩形と韻律の花園 ――

　1850年という19世紀を二分する年は、テニスンにとって3つの大きな慶事に恵まれた、生涯忘れえぬ記念の年であった。経済的あるいは健康上の理由で、10年あまりも、相思相愛の女性 Emily Sellwood との結婚を延引していた詩人が、はれて相結ばれることのできた年であった。また親友ハラムの急逝後、17年にわたり黙々と想いをかけ、詩作に励んできた長篇挽歌 *In Memoriam* がようやく完成、上梓することのできた年であった。そして3つ目には、ワーズワスの没後、桂冠詩人として彼の後任者になるという栄誉に恵まれた年であった。テニスンにとって文字どおり、栄光と至福の年となったのである。

　この記念すべき輝かしい年から5年ののち、この詩人が初めて世に公刊した詩集は、さぞ自信に満ちた作品であろうし、その内容も明るい清澄な心境を反映したものになるだろうと世間が期待したのも当然のことであった。また、桂冠詩人という公的な立場と道徳的な責任を十二分に意識した重厚な深みも併せもった傑作になるだろうと社会の人々が期待したのも頷けることであった。

　しかしながら、世間一般の予想とはうらはらに、新詩集 *Maud, and Other Poems* の主要詩 *Maud* は、破産、殺人、痛烈な時代批判、両家の確執、決闘、狂乱、戦争参加といった筋を展開し、作品全体を

第２章　『モード』Maud のなかの愛誦抒情詩篇

通じて、懐疑的な時代精神を浸潤させ、しかも主人公の青年は、狂気すれすれの、陰気な偏執的人物という具合であった。批評家も一般読者も、今までのテニスン的な内容とうって変っていることに驚きを禁じえなかったのである。

　このような作品であるMaudには、しかしながら、愛の抒情詩の魅力をたっぷりと味あわせてくれる、すばらしい恋愛詩篇が含まれている。

　一般に、恋愛に関する抒情詩といっても内容はさまざまである。恋愛への期待・熱望、恋の成就の歓び、恋人賛歌、そして失恋の嘆き、苦しみ、裏切りへの嗟嘆、また、嫉妬や羨望といった複雑な人間心理の様相が、さながら屈折したプリズム光線のように多彩に扱われることになる。事実、恋愛を軸としてのいわばプラス像、マイナス像といった複雑な恋愛感情の機微をうたいあげるところに、愛の抒情詩の魅力と深みが存在する。とりわけ、淡い清純な恋ごころから、官能的な恋慕の情に至るまで、望ましい愛を主調とするプラス像の恋愛詩こそ、抒情詩の中でも最も数多く、しかもその主流的な存在であるのは当然のことである。

　ここで取り上げるMaudの中には、主人公である「私」という人物が恋人モードなる女性を思慕する切々たる、そして時には悶々たる情感が、さまざまな詩形と韻律によって開陳される。特に「第１部」900余行には、それが中心的なテーマになっている。主人公の心情が、劇的独白の形で切々と述べられる。'A Monodrama' というサブタイトルのあるゆえんである。モードに対する主人公の一方的な感情ばかりが示されるのは当然である。

　この主人公の、モードとの恋は結婚という形では成就されない。モー

第1部　テニスンの絶唱を読む

ドが生まれたとき両者の親同志が許婚の契りを交わしてはいたが、結局、両家の確執によって、2人の愛は阻害され、その芽は根こそぎ摘み取られてしまうのである。それゆえ、本詩における愛誦抒情詩は、複雑な、屈折した恋ごころ、恋の成就への期待、願望、恋のときめきにおののく高らかな愛の賛歌、さらに逢瀬への限りない期待感を前奏にして遂に成就された恋の恍惚感、また、その反動としての深い絶望感、虚無感など──こうした恋ごころを巡る人間心理の複雑な様相が、実にさまざまな韻律と詩形のスタンザで表現・活写されることになる。

第2部になると、モードは亡き人として追想され、思慕される立場におかれる。今はこの世には亡き存在として追憶の対象となる。追憶はこのうえなく甘美であり、やるせなく、そして切実感に溢れている。

では、テニスンの言語芸術の一端に触れうるべく、いくつかの断章を引用し、考察と鑑賞を試みたいと思う。

Long have I sighed for a calm: God grant I may find it at last!
It will never be broken by Maud, she has neither savour nor salt,
But a cold and clear-cut face, as I found when her carriage past,
Perfectly beautiful: let it be granted her: where is the fault?
All that I saw (for her eyes were downcast, not to be seen)
Faultily faultless, icily regular, splendidly null,
Dead perfection, no more; nothing more, if it had not been
For a chance of travel, a paleness, an hour's defect of the rose,
Or an underlip, you may call it a little too ripe, too full,

第 2 章 『モード』 Maud のなかの愛誦抒情詩篇

Or the least little delicate aquiline curve in a sensitive nose,
From which I escaped heart-free, with the least little touch of spleen.

(第 1 部第 2 節)

私は久しく平穏の境地を望んできた、遂にそれが得られますように!
それはモードによっても邪魔されることはあるまい。彼女は味もそっけもない人だ。
が、冷静で塑像のような彼女の顔は、その馬車の通り過ぎるとき見えたが、
完璧な美しさだ。彼女の美は一応認めよう。では欠点はどこにあるのだろう。
私の目に映ったものは、(というのは、彼女は人目につかないように伏し目勝ちであったから)
瑾のないのが瑾なほど、氷のように冷たく整い、素晴しく無表情な顔であった。
死者が漂わす完璧さ、ただそれだけにすぎない、ただそれだけだ。もしも、
行き交う機会がなかったら、青白い表情、バラの花のひとときの瑾にも似た表情、
あるいは、やや熟れ過ぎてふくよか過ぎる下くちびる、
あるいは、敏感な鼻の描く少なからず優美なわし鼻の曲線など、見られないものを。
そうしたものから私は未練なく逃れた、少なからず憂愁に沈み

第 1 部　テニスンの絶唱を読む

ながらも。

　主人公が恋するモードなる女性の容姿を描出する味読すべき箇所である。冷たく塑像の如きモードの顔は、いわば「生気を欠いた完全さ」(dead perfection) をもち、「瑾のないのが瑾」(faultily faultless) という「完璧な美しさ」(perfectly beautiful) である。そのような美に対処して複雑な心境に陥る主人公は、結局、未練なくその美から逃れる以外に道はないと悟るが、それはやはり憂愁の翳り濃い心情である。'faultily faultless' 'splendidly null' 'dead perfection' といった 'oxymoron'（撞着語法）を用いて修辞的効果を巧みに生み出している。このあたりの描出は、テニスンの初恋の女性 Rosa Baring を想起させるものがあるが、確かに氷のように冷たい宝石のイメージ［豊かであると同時に超然とした美しさ］は、ローザをうたった 2 つのソネット（'I lingered yet awhile' や 'How thought you' など）にも如実に窺われるものである。思い及ばぬ恋人に対する不安な気持ちの混じったあなどり、男心の切なさなどが、'She has neither savour nor salt'（78 行）という非難がましい言辞にも、また数か所に見られる oxymoron にも偲ばれて、節全体が印象に残る抒情詩となる。

　第 1 部 18 節には長短おり混ぜて 8 個の連がある。古来、人口に膾炙されている 'There is none like her, none' という恋の絶唱はこの冒頭の 1〜3 の連に現われるものである。

I

I have led her home, my love, my only friend.

16

第2章 『モード』 *Maud* のなかの愛誦抒情詩篇

There is none like her, none.
And never yet so warmly ran my blood
And sweetly, on and on
Calming itself to the long-wished-for end,
Full to the banks, close on the promised good.

II

None like her, none.
Just now the dry-tongued laurels' pattering talk
Seemed her light foot along the garden walk,
And shook my heart to think she comes once more;
But even then I heard her close the door,
The gates of Heaven are closed, and she is gone.

III

There is none like her, none.
Nor will be when our summers have deceased.
....

（第1部第18節 I－III）

わが恋人、わが唯一の友なる彼女を家まで送り届けてきた。
あんな素晴しい人はこの世にいない、絶対にいない。
僕の血潮がこんなに暖かく、そして甘美に
流れたことはなかった。それは流れ流れて
堤一杯に溢れ、やがて宿望の目的に達し、
約束された幸せに迫り、静まっていった。

第1部　テニスンの絶唱を読む

　　あの娘のような人は1人もいない。1人もいない。
　　今しも乾いた舌形の月桂樹の葉がパサパサ音を立てたので
　　庭道づたいにやってくるあの娘の軽い足音かと思われた。
　　あの娘がも一度やってくる、と思うだに僕の胸はこおどりした。
　　が、そのときあの娘の、戸を閉じる音が聞こえた。
　　天国の扉は閉ざされて、あの娘は行ってしまった。

　　あの娘のような人は1人もいない、1人もいない。
　　幾夏消えても現われないだろう。
　　…………

　'my love, my only friend' としてのモードとの楽しい逢瀬が終わり、彼女を家まで送り届けて来た主人公の恋の無上の幸福感が 'never yet so warmly ran my blood / And sweetly' という感覚的な言葉で巧みに表現されている。また、'Calming itself to the long-wished-for end' という措辞には、逢瀬によって愛の渇きがいやされた充足感、満足感が美しく表現されている。'full to the banks' という言葉から、ひたひたと寄せる激情の波が一度は溢れんばかりになったものの、クライマックス後は、静かに引いてゆき、あとに残された静謐が偲ばれるのである。2人の恋の恍惚が絶妙に描かれ、いわば1つの 'Epithalamion' となっているといえよう。
　第2連の 'The gates of Heaven are closed, and she is gone' という表現などは、恋人が戸を閉めて去っていくその音に対する慨嘆としてはまさしく 'hyperbole'（誇張法）というべきであろうが、3度も繰り返される 'There is none like her, none.' という高揚した思いつ

第2章 『モード』*Maud* のなかの愛誦抒情詩篇

めた主人公の情感には、むしろ釣り合いのとれた措辞というべきである。hyperbole こそ、ここにはふさわしい表現といってよい。

次に、第22節に移ろう。

I

Come into the garden, Maud,
 For the black bat, night, has flown,
Come into the garden, Maud,
 I am here at the gate alone;
And the woodbine spices are wafted abroad,
 And the musk for the rose is blown.

II

For a breeze of morning moves,
 And the planet of Love is on high,
Beginning to faint in the light that she loves
 On a bed of daffodil sky,
To faint in the light of the sun she loves,
 To faint in his light, and to die.

III

All night have the roses heard
 The flute, violin, bassoon;
All night has the casement jessamine stirred
 To the dancers dancing in tune;
Till a silence fell with the waking bird,
 And a hush with the setting moon.

第1部　テニスンの絶唱を読む

（第1部第22節 I－Ⅲ）

園生(そのう)に入っておいで、モード、
　　黒い蝙蝠(こうもり)のような夜は過ぎてしまったよ、
園生に入っておいで、モード、
　　この門辺(かどべ)に立つは僕ひとり、
忍冬(すいかずら)の香り、あたりに漂い、
　　バラの香り、ふくいくと香る。

朝のそよかぜは吹きわたり、
　　愛の明星は空高くかかり、
彼女の愛するその光に包まれて薄れ行く、
　　水仙の如き星の輝く大空をしとねとして。
そして彼女の愛する旭日の光に包まれて、
　　旭日の光の中に消え失せ、息絶えようとする。

夜もすがら、バラは聞いたよ、
　　フルート、ヴァイオリン、バスーンの音、
夜もすがら、窓辺のジャスミンは揺れ続いたよ、
　　調べに踊る人々と調子を合わせて。
小鳥たちの目覚めとともに静寂(しじま)が訪れ、
　　月の沈む頃になって静けさが戻る。

「モードよ、園生に入っておいで」という甘美な囁きにも似た呼びかけで始まるこのくだりは、おそらく全篇中、最も愛誦されている詩

第2章 『モード』Maud のなかの愛誦抒情詩篇

行といってよい。夜を黒い蝙蝠のイメージで把えているところは、何か不吉なものを暗示はするが、本篇の主人公の特質を叙している点でもあろう。園生にひとり佇んで待つ主人公のまわりには、忍冬やバラの花の香りがふくいくと漂っているが、この辺の描出は『ロミオとジュリエット』のあの逢瀬のシーンを彷彿とさせるものでもある。滑らかなリズムや、伸びのびした長母音や二重母音の脚韻（Maud, flown, alone, abroad, blown）が香り漂う情景描写に奏功している。

第2連は夜明けの情景であるが、読み方によってはいかにも erotic に読みうる詩行が展開する。大空というしとねに愛の明星が今にも息絶えんとしている——愛するその光に包まれて——と描かれる。愛の明星を女性とすれば、太陽は男性である。その男性である太陽の光に抱かれて気を失い始めているし、今や死に瀕しているというのである。'faint in the light' という詩行は3回、'(that) she loves' が2回、'on a bed of daffodil sky' や 'die' という措辞などを考えると、前述のような解釈がいっそう助長されるようである。いうまでもなく、字面どおりに解釈して愛の明星が次第に中天に昇るにつれて、天空の明るさは増大し、太陽の光の中にその星の姿は消滅してしまうという現実の物理的状況は、これ又理解に苦しむものではないとしても、詩人の筆致の nuance は、erotic なものを窺わせるむきが濃いようである。

第3連は「感傷的誤謬」'pathetic fallacy' をふんだんに用いているのが注目される。園生の中の主人公と周囲の事物とのいきいきとした共感が、力強く効果的に読みとれる。'To the dancers dancing in the tune' の中の 'dancers' や 'dancing' の類語反復には 'stir' の実態が鮮やかに描かれている。また 'a hush' の次にある pause はい

21

第1部　テニスンの絶唱を読む

かにも 'hush' の語感を強化するのに奏功している。小鳥が目覚める時刻となり、西の端に月が沈む頃になってやっとかえってきた静寂が、前半の詩行の表すリズムと躍動に対比されて、「静」と「動」を浮き彫りにする。

『モード』という作品は、第1部（923行）、第2部（342行）、第3部（59行）の3つの部分にわかれているが、詩行数でも明らかなように第1部が圧倒的に長大である。内容的にも表現技法上からみても、それだけ重厚な問題が多く存在している。しかし第2部には、この作品の萌芽ともいうべき抒情詩 'O that 'twere possible' 及び 'shell lyric' がともに存在する。前者は『モード』が出版された1855年をさかのぼること約20年、1833年のアーサー・ハラムの死去に対する1つの poetic response となっている。後者の 'shell lyric' も1830年代に作られたといわれているから、この2つの萌芽は20年にわたり詩人の詩嚢の中にて暖められてきたといえる。

第2部第2節には、一般に「貝殻の詩」と呼ばれているこの有名な断章が現れる。前節の長たらしい、理屈っぽい弁明に終始する詩行とはうって変わった気分一新の、みずみずしい精緻な筆致であり、ここに描かれる美しい貝殻にも似た抒情詩である。

I

　　See what a lovely shell,
　　Small and pure as a pearl,
　　Lying close to my foot,
　　Frail, but a work divine,
　　Made so fairily well

22

第2章 『モード』Maud のなかの愛誦抒情詩篇

With delicate spire and whorl,
How exquisitely minute,
A miracle of design!
....

   Ⅲ

The tiny cell is forlorn,
Void of the little living will
That made it stir on the shore.
Did he stand at the diamond door
Of his house in a rainbow frill?
Did he push, when he was uncurled,
A golden foot or a fairy horn
Through his dim water-world?

   Ⅳ

Slight, to be crushed with a tap
Of my finger-nail on the sand,
Small, but a work divine,
Frail, but of force to withstand,
year upon year, the shock
Of cataract seas that snap
The three decker's oaken spine
Athwart the ledges of rock,
Here on the Breton strand!　　（第2部第2節Ⅰ, Ⅲ, Ⅳ）

見てごらん、なんて可愛い貝殻だろう、

第1部　テニスンの絶唱を読む

　　真珠のように小粒で純粋だ、
　　わが足許にくっつくようにころがっている、
　　脆いけれども　神の創り給いしもの、
　　すばらしく見事な技にて創られ、
　　尖った部分も渦巻部分も優美そのもの、
　　何という絶妙な綿密さ、
　　まさに意匠の奇蹟！
　　…………
　　この小さな貝殻はうらさびしい、
　　岸辺を歩かせる生きいきした
　　小さな意志は、もう今はありはしない。
　　虹色のフリルのついた己が棲み家の、
　　ダイヤモンドにも似た扉の前に立ち上がったり、
　　身体を巻きほどいたそのときに、
　　うす暗い水の世界に、金色の足や妖精の角を
　　押し出したりしたことがあったろうに。

　　脆くてひ弱いことよ、砂の上に
　　指の爪で軽くたたけば押しつぶされる。
　　ささやかなものだが、神の創り給いしもの、
　　脆いけれども　年々に
　　瀑布のような海の衝撃にも
　　抵抗する力を持ち続ける。
　　その海は　三層甲板の船の　樫の背骨さえ
　　ここブレトンの浜辺に在る

第2章 『モード』Maud のなかの愛誦抒情詩篇

岩棚にぶちつけて　砕き折るほどなのに！

　主人公は、モードの兄を決闘で倒した後、外国へ逃亡する破目となり、ブリタニーの浜辺でひとり佇み、ひよわに見える貝殻に思いを馳せる筋展開となっている。こうした展開の上に、詩人は、長年秘めてきた断章を巧みに活かしている。
　冒頭の「見てごらん、なんて可愛い貝殻だろう」という1行の、あの囁くような語調が、描かれる貝殻の可愛さや純粋さ、そして意匠の奇蹟を思わせる美しさを如実に示している。
　第3連では、その小さな殻の中に存在していた生命力を偲ぶ、貝殻の美しい姿を 'diamond door' とか 'rainbow frill' などの言葉で把え、その内部の生命力を 'golden foot' とか 'fairy horn' などの措辞で表現し、幻想的な美しさを貝全体に付与する。'dim water-world' もその幻想性を盛り上げるのに奏功している。
　第4連では、一転して積極的な現実意識に立ち返っている。ひよわくてほんの指の一押しでつぶされるような貝殻──しかしこの貝殻も又一面、瀑布のような海の衝撃に抵抗する力をもっているという。人間もこの貝殻のように力弱き存在であるが、ひとたび愛の力を知ることによって力強い存在になるうる可能性をもつ。貝殻というささやかな存在に対する主人公の特異な感覚は、やはり自己に対する神経過敏な反省の結果生じるものであろう。自分自身の身上と同じようなささやかな力弱き存在としての貝殻にいっそうの共感を覚えるのである。実際、この貝殻も非常に傷つき易い内部の生命を外殻によって保護し、維持している。主人公の傷つき易い魂はモードへの愛情、そしてそれへの目覚めによって彼をいっそう強くさせており、人生のショックや

第1部　テニスンの絶唱を読む

打撃に抵抗させている。つまり、愛こそ傷つき易い彼を固く保護してくれる貝殻の働きを彼の魂に与えてくれるのである。

　テニスンは、その『エヴァースリー版詩人全集』に付した注釈の中で、「嵐の真只中にあっても破壊されないでいる貝殻は、主人公にとっては、激情という嵐に逢っても尚、失われずに保持されている彼自身の本然の性質を象徴しているのだろう」と述べている。筆者は更にこれを敷衍して次のように考えたい。つまり、この彼自身の本然の性質がモードへの純愛に目覚めることによって、ますます本来の強みを甦らせ、決闘、相手の死、絶望、外国逃亡などという激しい感情の嵐にもめげず、そのおかげで自殺などという逃避的な行為に主人公が走るのを防いでいるのである —— と。

　愛の歓びと悲しみを知った1人の人間が、共に力強い存在に生まれ変わるということが本篇のテーマの1つと考えられるとすれば、貝殻はたしかにこの主人公の化身といってよい。また、これは愛の力を知ることによって主人公が、いわば1つの変身をすることになるという象徴ともうけとれるのである。「貝殻の詩」の本質的な存在理由がここにあるといえる。

　第2部第4節は、全部で13個の連から成るが、ここには最初の2連を引用する。『モード』全体の中でも前掲の 'I have led her home' と並んでテニスン自身が最も愛好した詩篇といわれている。

　　　O that 'twere possible
　　　After long grief and pain
　　　To find the arms of my true love
　　　Round me once again!

第 2 章 『モード』Maud のなかの愛誦抒情詩篇

When I was wont to meet her
In the silent woody places
By the home that gave me birth,
We stood tranced in long embraces
Mixt with kisses sweeter sweeter
Than anything on earth.　　（第 2 部第 4 節 I , II ）

ああ　願わくば
永き悲しみと苦しみのはて
わがいとしの君のかいなに
再び　かき抱かれんことを！

わがふるさとの家近く
閑かにこもる森の辺に
逢瀬の刻をもつごとに
忘我の境に　ながながと　ふたりは　互いに
抱きあいぬ、この世の如何なるものよりも
甘き甘き口づけ　交わし合いつつ。

　失った人への切々たる情愛が甘美なる追憶と一抹の寂寥感とを響かせて描かれている。『モード』全体の中でも最も人々に愛誦されている箇所の 1 つであるのも頷ける。考えてみれば、こうした連も別段発想がユニークであるというわけでもないし、むしろ平凡で、感傷的に堕すきらいのある内容であるが、しかしそれなるが故に何人にも理解

第1部　テニスンの絶唱を読む

され、親しまれ易い所でもあるのだろう。『モード』のアンソロジーに必出の数連である。

　前述のように、これらはハラムの喪失に対する'poetic response'として詩作された断章であるが、この作品の筋展開としては、主人公が今は亡き愛するモードを追憶する場面に活用されている。この'O that 'twere possible'は、1837年9月Lord Northhampton編の*The Tribute*にStanzaとして公刊されたものであるが、『モード』に収録、展開されている詩行とは第5連まではほとんど同じである。ただ後半（第6－13連）にかけては挿入、削除がかなりなされている。しかし前掲の引用詩行では7行目の'By the home'が'Of the land'と変わっているのみである。

　第1連では、様々な曲折を経ながらも、いや悲哀や苦しみの後になればこそ、相思相愛の2人が再び両の腕で相抱き合うことが可能であれば――という、祈りにも似た願望が吐露される。親友ハラムに対する詩人の哀切極まりない友情は、男女間のひたむきな慕情・熱情に置換されることによって、なまなましく、かつ感傷的にさえ表現される。

　第2連の、口づけを交わしながらの長い抱擁の追憶は、テニスンの抒情詩には珍しいほどの官能性賛美の詩行となっている。'with kisses sweeter sweeter / Than anything on earth'という表現は、叙事に託して女の真情を吐露したテニスン初期の名篇と謳われる「イノーニー」の中の1節を想起させるものである。捨てられた薄倖の女イノーニーが、今は昔の恋人パリスとの思い出深い抱擁や口づけを想起している場面である。事実、'To find the arms of my love / Round me once again'という『モード』の主人公の願望も、

第2章 『モード』*Maud* のなかの愛誦抒情詩篇

>　　Ah me, my mountain shepherd, that my arms
>　　Were wound about thee, and my hot lips prest
>　　Close, close to thine in that quick-falling dew
>　　Of fruitful kisses, thick as Autumn rains
>　　Flash in the pools of whirling Simois.　　('Oenone', 198−202)

>　　ああ、わが山の羊飼よ、私は悲しいのです。わが両腕が、
>　　そなたの体に巻きつき、わが熱い唇が、
>　　あのすばやく落ちる露にも似た実りある口づけで、そなたの唇に
>　　きつく、きつく合わされたことを思えば、それは、さながら秋雨
>　　　　が、
>　　渦巻くシモイスの川淵に篠突くさまにも似て激しかったものを。

　というイノーニーの慨嘆も、いずれもなまなましい官能性を湛えた、恋する人々の真情表白になっているといってよい。
　洋の東西を問わず、古今の別なく相愛の恋人たちの抱擁や口づけの甘美さが抒情詩や愛誦詩の最大のモチーフとなり、眼目となっているのは、人間本然の性質を考えると自明の理ではあろう。テニスンの言語芸術の一端を『モード』の中の愛誦詩を中心にして追究してみたが、その卓越した詩的技法のみならずその特徴のある詩想・詩心に深い感銘を覚える。

第3章 『王女』The Princess のなかのソング (Songs)
―― 燦然と光る抒情歌群の点綴 ――

はじめに

　今日、テニスン芸術の1つの完成として見做されている『1842年詩集』(全2巻)ではあるが、これら詩集が出版されるまでには、実に10年という長い歳月がその間1冊の詩集も世に問うことなく、流れねばならなかった。若い詩人は、ただひたすら、内に篭り既刊詩集の改訂の仕事に専念するとともに、新しい作品の創作に精進したのであった。この10年にわたる沈黙の精進と努力の末上梓されたこの2巻の詩集が、世間から大きな評価を受け、批評家からも全般的に好評を博したことは、テニスンにとっては、詩人として本格的に進む上において大きな励ましと刺激になったのである。

　それから5年後の1847年、この詩人は *The Princess* という長詩を発表した。これは A Medley というサブタイトルが付けられており、3,016行の無韻詩から成る作品で、Prologue, Conclusion のほか本体として7つの Canto (篇) がある。

　1842年から47年に至る5年間に、テニスンはイギリスの各地を訪れ、詩的イメージの充電に鋭意努めていることが伝記的に跡づけられているが、こうした孜々とした詩人としての努力の結晶が『王女』と

第3章 『王女』The Princess のなかのソング

いう新作に如何に現われているかは興味ある問題である。

　『王女』という作品は、テニスンの他の主要詩に比して、出版後、より多くの改訂を受けている。殊に1850年の第3版では、多くの削除や追加がなされている。1853年の第5版になってやっと決定版的テキストの出現ということになり、作品として定着したわけである。

　前述のように、この長詩には本体だけでも seven cantos もあり、こうした各部分の最終部に抒情詩（ソング）が挿入されているのは特徴の1つである。この長詩の内容とは直接関係のないこうした抒情詩が、実は『王女』の文学的価値を高くしているといってよいほど、中々の逸品ぞろいとなっており、本章ではこうした挿入抒情詩を中心にして考察を進めて行きたい。

　1847年の初版には、5つの抒情詩が挿入されているが、これらはすべて本体と同じ韻律から成っている。1850年の第3版では、6つの、それぞれ韻律の異なった抒情詩が追加され、合計11個となっている。1つの作品の中にこうした抒情詩を挿入するというのはテニスンにはよくあることで、例えば 'The Miller's Daughter', 'The Brook', 'Sea Dream', 'Audley Court', 'The Golden Year' などにも挿入詩が見られる。

　3,016行の、この長詩は、今日全体として読まれることは少ないが、挿入された抒情詩群は各種のアンソロジーには必出の逸品であり、今日的趣向にも合致する不朽の作品といってよい。

　『王女』という作品は、女性の社会的権利とか、女子高等教育などの諸問題を扱っており、ヴィクトリア朝時代には斬新なテーマの作品として注目されたことであったが、こうしたテーマも今日的視点に立てば陳腐なものに映るのは仕方のないことであろうか。もっとも、大

第 1 部　テニスンの絶唱を読む

学が女子のために創設されるべきだという示唆や主張は、英文学史を見ると、『王女』のほかに D. Defoe の 'Essays on Projects' という文 (1697 年) や S. Johnson の *Rasselas* (1759 年) の中にも見られることである。そういえば *Rasselas* の中の王女は、テニスンの『王女』の Princess Ida と同様に、女子大学創設に意欲を燃やしているのである。『王女』上梓より 90 年も以前に、早くもこうした社会問題的テーマを作品の中で開花させているというのはジョンソンの先見性を証明するものであろうか。

　さて、この章ではこのような長詩『王女』の中に点在している抒情詩 11 篇のうち、今日的趣向に合致し、且つ、作品としても readable なもの 8 篇を選んで試訳を施し、言語芸術としてのテニスン詩の考察と鑑賞を試みたいと思う。

1

'AS THROUGH THE LAND AT EVE WE WENT'

　　As through the land at eve we went,
　　　And plucked the ripened ears,
　　We fell out, my wife and I,
　　O we fell out I know not why,
　　　And kissed again with tears.
　　And blessings on the falling out
　　　That all the more endears,
　　When we fall out with those we love

第3章 『王女』*The Princess* のなかのソング

  And kiss again with tears!
For when we came where lies the child
  We lost in other years,
There above the little grave,
O there above the little grave,
  We kissed again with tears.[1]

夕べ　その土地を　通り過ぎ、
　　熟れた　麦の穂を　摘み取りながら、
妻とわたしは　いさかいをした、
ああ　わけはわからずに　いさかいをした、
　　そして　涙ながらの　くちづけを　交わした。
いさかいをしても　恵みは　絶えず
　　かえって　ふたりを　いとおしくする、
愛する　人たちと　いさかいをし、
　　泣き濡れて　再び　くちづけ　交わすときは！
過ぐる年　逝きし　わが幼な児の
　　横たわるところに　歩を運べば、
その可愛い　墓石の上で、
ああ　その可愛い　墓石の上で、
　　妻とわたしは　再び　涙ながらの　くちづけを　交わした。

　『王女』挿入の第1ソングは、14行から成る1つのスタンザの短詩であり、Canto 1 の最終部に位置している。このような挿入ソングは、Prologue と Conclusion において言及されている女性たちによっ

33

第1部　テニスンの絶唱を読む

てうたわれることになっている。男性たちの粗々しい声の間にある美しい間奏曲（interlude）といった趣をもつように想定されている。

　このソングは、物語とは直接、関係はないが、子供という存在が男性と女性の間をとりもつ上に極めて重要な働きをするということを強調しているように思われる。このソングに限らず、他の挿入ソングにもこうした子供のもつ大切な役割というものに言及している所が少なくないのは、物語の展開において、結局アイダ王女が王子に折れて、2人はめでたく結ばれるという成り行きを示唆しているためではなかろうか。

　1つの抒情詩として考察してみると、この小品は、最初の5行と最終の5行は過去形で書かれており、中央部の現在形の4行と違和感を生み出しているように思われる。A. C. Cook や Boynton などの批評家は、この4行は削除されてしかるべきだと云っている[2]が、事実、テニスン自身も、1851年の第4版では、これを削除している。もっとも、1853年の第5版では再び入れている。詩人自身、削除、挿入について悩む程度の作品、といってしまえばそれまでだが、平凡な事象を平易な言葉でうまくまとめているのも事実である。

　'Kiss(ed) again with tears' という句が3度現れたり、'above the little grave' のリフレーンが響きの美しさを狙っているが、素朴・凡庸さの方がよけい目立つ断章になっていると評される憾みも残る。

第3章 『王女』The Princess のなかのソング

2

'SWEET AND LOW'

Sweet and low, sweet and low,
　　Wind of the western sea,
Low, low, breathe and blow,
　　Wind of the western sea!
Over the rolling waters go,
Come from the dying moon, and blow,
　　Blow him again to me;
While my little one, while my pretty one, sleeps.

Sleep and rest, sleep and rest,
　　Father will come to thee soon;
Rest, rest, on mother's breast,
　　Father will come to thee soon;
Father will come to his babe in the nest,
Silver sails all out of the west
　　Under the silver moon:
Sleep, my little one, sleep, my pretty one, sleep.

やさしく　しずかに、やさしく　しずかに
　　西の海から　吹き来る　風よ、
しずかに　しずかに　流れて　吹けよ。

35

第1部　テニスンの絶唱を読む

　　　西の海から　吹き来る　風よ！
　さかまく波を　越えて　吹きゆけ、
　沈みゆく　月の涯より　吹いて来て
　　　再び　あの夫を　わたしに　吹き戻せ、
　可愛い坊やの　眠るまに、　可愛い坊やの　眠るまに。

　お眠り、お休み、お眠り、お休み、
　　　やがて　父さん　坊やのもとに　戻るでしょう。
　お休み、お休み、母さんの　胸の上で、
　　　やがて　父さん　坊やのもとに　戻るでしょう。
　ベッドに眠る　坊やのもとに　戻るでしょう。
　白銀の　帆船は　西の涯から　現れる
　　　白銀の　月の光の　照る下を。
　お眠り、坊や、お眠り、坊や、お休みなさい。

　２番目に現れるこのソングは、わが国でも明治の昔から親しまれ、有名になっている佳品である。テニスンの作品中でも最も人々になじまれている抒情詩の１つである。'sweet and low'といえば、ただちにテニスンを想起するほど親しまれている詩句といってよい。
　二重母音や長母音の多用によって、いかにも子守唄らしいトーンとリズムを醸成している。テニスンの得意とする技法であるが、日本語にこうした言葉の音楽を移すことは中々の難業である。文語調なら文語調に、わりきって表現すると多少まとまりのある訳詩ができそうにも思えるが、なるべく現代語の調子で表現することにここでは統一したいので、何となく不本意な試訳になってしまった。教室でも使用で

第3章 『王女』 *The Princess* のなかのソング

きる訳詩ということで、なるべく逐語訳にしたことも、美文調の訳詩を阻む要素の1つでもある。

このソングは『王女』の Canto 2 の終結部に位置しているが、1850年の第3版から追加されたものである。C・リックスの『テニスン詩集』の脚注[3]でも明らかなように、これは 1849 年に書かれたものと思われている。詩人は未来の妻エミリー・セルウッド嬢に、この詩の2種の原稿を見せてどちらを新版に選ぼうかと相談をもちかけている。

この有名な子守唄は、女子大学における Lady Psyche のクラスの、高邁な修辞や思想に対照となるように意図されている。こうしたコントラストが高められているのは、挿入ソングなるものが女性によって歌われているのに対して『王女』の本体部分が男性によって述べられているからである。

尚、赤ん坊がこのソングでも主要なテーマとなっているが、これは本体部分の趣旨によると、女性のもっている真の使命なるものを強調しているがため、ということである。

この詩人には 'sweet and low' という措辞の愛用が注目されるが、その例を2、3挙げてみたい。

'Hero and Leander'(33): 'Thy voice is sweet and low'
'The Lover's Tale' (i, 530): 'Held converse sweet and low — low
　　　　　　　　　　　　　converse low'
　　　　　　　　(i, 552): At first her voice was very sweet
　　　　　　　　　　　　　and low'

尚、このソングでもリフレーンが多用されているが、子守唄の静か

第1部　テニスンの絶唱を読む

な情調のためには当然の技法であり、わが国の子守唄にもそうした例は少なくない。A.S.Cook の注釈テキストの脚注にも、Theocritus XXIV における Alcmena の子守唄の残響がここにも窺われると述べている[4]が、古今にわたり、洋の東西を問わず、子守唄の特徴とは、やさしく、静かに、流れるような音楽性と規則正しいリズムの繰り返しなどであろう。赤ん坊を静かな、安らかな眠りに導く本来的な機能をもってこそ、作品としての子守唄もその存在価値を持つといえるのではなかろうか。

3

'THE SPLENDOUR FALLS ON CASTLE WALLS'

3番目に現れるソングは、テニスンの詩の中でも特に愛誦され、親しまれている断章である。

　　The splendour falls on castle walls
　　　　And snowy summits old in story:
　　The long light shakes across the lakes,
　　　　And the wild cataract leaps in glory.
　Blow, bugle, blow, set the wild echoes flying,
　Blow, bugle; answer, echoes, dying, dying, dying.

　　O hark, O hear! how thin and clear,
　　　　And thinner, clearer, farther going!

第3章 『王女』 *The Princess* のなかのソング

  O sweet and far from cliff and scar
   The horns of Elfland faintly blowing!
Blow, let us hear the purple glens replying:
Blow, bugle; answer, echoes, dying, dying, dying.

  O love, they die in yon rich sky,
   They faint on hill or field or river:
Our echoes roll from soul to soul,
   And grow for ever and for ever.
Blow, bugle, blow, set the wild echoes flying,
And answer, echoes, answer, dying, dying, dying.

  夕べの光は　城塞の　壁にも
   歴史に古い　雪の峰にも　照り映える。
  長く　差し込む光は　湖の面に　揺れて、
   轟きわたる　瀑布の　飛沫は　落下して　光と躍る。
吹けよ　角笛、奔放の　こだまを　渡り行かせよ、
吹けよ　角笛　答えよ　こだま、微かに　消えゆく　こだま。

  ああ　聞けよ、聞け！　かそけく　澄んで　響く　こだまを、
   もっとかそけく、もっと澄んで、もっと遙かに　響かう　こだま！
  ああ　やさしく、断崖絶壁から　遙か彼方に
   小妖精の国の　角笛は　微かに　鳴りわたる！
吹けよ　角笛、紫こむる　渓谷が　こだまを　返すのを　ともに

第1部 テニスンの絶唱を読む

　　　　聞こう。
　吹けよ　角笛、答えよ　こだま、微かに　微かに　消えゆく　こだま。

　　ああ　いとしき人よ、こだまは　彼方の　豊かな　大空に　消えてゆく、
　　　丘辺　野面、川面に　微かに　消えてゆく。
　　　われらがこだまは　胸から胸へと　渡りゆく。
　　　そして　とこしえに　とこしえに　鳴り響く。
　吹けよ　角笛、　奔放の　こだまを　渡りゆかせよ、
　　答えよ　こだま、答えよ、微かに　微かに　消えゆく　こだま。

　このソングは『王女』の初版にはなかったが、第3版（1850年）にはじめて追加されたもので、Canto 3 の終結部に置かれている。これは公刊以降、何らの改変も受けることなく完璧な姿で、その後の詩集に必ずといってよいほど収載されている。
　第1行と第3行には、interior rhyme を有し、韻律構造においても光るものがある。これは例えば、falls, walls とか shake, lake といったもので、第1連から第3連まで全部備わっている。
　このソングは、1848年詩人がアイルランドの Killarney という所を訪れた時の谺の印象をうたったものといわれている。この詩篇の人気は当時極めて大きく、人々はこの谺を聞こうと Killarney に旅行したほどであったとのことで、一般にこの詩篇が Bugle Song と呼ばれるのも尤もなことである。消えて行く谺と、とこしえに続く愛の不滅性とのコントラストについての感懐をこめた作品となっているが、他の

第3章 『王女』 The Princess のなかのソング

ソングと同様、これも『王女』のストーリーそのものとは内容的に無関係である。

この詩のテーマについてもう少し掘りさげて考えてみよう。山の湖上を渡る角笛の谺は、距離が大きくなるにつれて次第に小さく、かそけく、そして消えて行く。

> They die on yon rich sky,
> They faint on hill, or field, or river.

これに対して、魂から魂へと及ぼす谺の響きは、'grow' ということばに窺えるように「大きく進展する」ものであり、Elfland の世界と人間の魂の世界との対照を強調することが、この抒情詩の眼目となっている。

> Our echoes roll from soul to soul,
> And grow for ever and for ever.

ところで、第3連の冒頭で O love とあるように、この詩は明らかに詩人の妻に対して呼びかけ、作詩されたものであると考えられる。段々大きくなる谺は、世代から世代へ、つまり祖父から親へ、そして孫へと響き渡るものである。ここには家族というものを貫く1つの unity が存在しているといってよい。そういえば、『王女』に現れる最初のソングには過去を貫く unity、そして2番目のソングには現在における unity、そして3番目のこのソングには未来に対する unity がテーマになっているとも考えられ、それぞれ三者三様の趣があり、

41

第1部　テニスンの絶唱を読む

興趣が尽きない。

4

'TEARS, IDLE TEARS'

『王女』の11個のソングの中でも最も秀逸な作品として定評のある、4番目の 'Tears, idle tears' は、それだけに発表以来いろいろな批評家、学者の考察対象となる機会が多いようである。これについては後述することとしたいが、いずれにしても抒情詩として完璧を誇るこの無韻詩の作品は、万人の心に共通する、過ぎ去った往時への切ない、かいなき悔恨と悲哀を見事に表白しているといえる。

 'Tears, idle tears, I know not what they mean,
 Tears from the depth of some divine despair
 Rise in the heart, and gather to the eyes,
 In looking on the happy Autumn-fields,
 And thinking of the days that are no more.

 'Fresh as the first beam glittering on a sail,
 That brings our friends up from the underworld,
 Sad as the last which reddens over one
 That sinks with all we love below the verge;
 So sad, so fresh, the days that are no more.

第3章 『王女』 The Princess のなかのソング

'Ah, sad and strange as in dark summer dawns
The earliest pipe of half-awakened birds
To dying ears, when unto dying eyes
The casement slowly grows a glimmering square;
So sad, so strange, the days that are no more.

'Dear as remembered kisses after death,
And sweet as those by hopeless fancy feigned
On lips that are for others; deep as love,
Deep as first love, and wild with all regret;
O Death in Life, the days that are no more.'

愉しさ　満てる　秋の野を　ながめやりつつ
再び　かえりこぬ日々のことを　思えば、
聖き絶望の淵より　なみだは　胸に湧きでて
双のまなこに　あつまる。　かいなき　なみだ、
それは　なにゆえなるか　私には　わからない。

黄泉（よみ）の国から　わが友達を　乗せてくる大船の
白帆に輝く　朝日のように　鮮やかな　思い出、
わが愛する　人々とともに　海路の果てに　消えてゆく
白帆を　くれないに染める　残照のように　悲しい　思い出。
かくも悲しく、かくも鮮やかなるものか、かえりこぬ　思い出は。

小暗き　夏の日の　暁に、臨終の人の　目に

第1部 テニスンの絶唱を読む

　　窓辺の　おもむろに　白みゆく頃、
　　臨終の人の　耳に伝わる　ねぼけ鳥の
　　朝一番の　さえずりのように
　　かくも悲しく、かくも不思議なるものか、かえりこぬ日の　思い
　　　出は。

　　亡きあとに　思い出される　くちづけのように　いとしい　思い
　　　出、
　　望みなき　片思いに　駆られつつ
　　わがためでない　唇に　夢想される　くちづけのように
　　甘美なる　思い出、初恋のように　烈しく、悔いの心に　胸狂お
　　　しく、
　　ああ、生のなかの死なるか、かえりこぬ日の　思い出は。

　このソングはCanto 4の冒頭部に近い所でうら若い乙女にうたわれるものである。この詩人の'Audley Court'という作品中の、同韻律のソングと同じように、これ又ピクニックの際にうたわれるものである。今や返らぬ過去の日々の追憶についてのセンチメンタリズムをヒロインのアイダ王女は軽蔑の念で否定するというストーリーになっている。

　この詩については、詩人自身のコメントがある。詩人の伝記を書いた息子ハラム・テニスンは、その著 *A Memoir* で、Frederick Locker-Lampson の報告文として以下のように記述している。

　　'He told me that he was moved to write *Tears, idle tears* at

第3章 『王女』The Princess のなかのソング

Tintern Abbey; and that it was not real woe, as some people might suppose; "it was rather the yearning that young people occasionally experience for that which seems to have passed away from them for ever." That in him it was strongest when he was quite a youth.'[5]

　つまり、ティンタン寺院にて感動のあまりこの詩を書いたこと、この悲哀はほんとうの悲哀ではなく、若者が時として覚える過ぎ去ったものへの淡い憧憬に似た情感であること、そして詩人は若い頃より、こうした懐旧の気持あるいは尚古精神が旺盛であったことなどが述べられている。

　Contemporary Review の主筆をしたり、*The Nineteenth Century* 誌を創刊、その編集にあたったことで有名な James Thomas Knowles も以下のように述べている。

He told me that "Tears, idle tears" was written as an expression of such longings. "It is, in a way, like St.Paul's groanings which cannot be uttered. It was written at Tintern, when the woods were all yellowing with Autumn seen through the ruined windows. It is what I have always felt even from a boy, and what as a boy I called the 'passion of the past.' And it is so always with me now; it is the distance that charms me in the landscape, the picture and the past, and not the immediate to-day in which I move."[6]

第1部　テニスンの絶唱を読む

　このKnowlesの文章も前掲の引用文と大体同趣旨であることが分かるが、'The passion of the past'に魅かれ、遙か彼方に存在するものにこそ心魅かれることを一層力説しているようである。
　この詩に対する主要な論評のいくつかを紹介してみたい。
　S. E. Dawsonはこの完璧なリズムと韻律を賞賛して「この絶妙にも見事な抒情詩については情熱なるものを感じないで書くことは困難である。読んでいて脚韻の欠如に気づかないほど、このリズムと韻律法は全くもって完璧である」と力説する。[7]
　さらにDouglas Bushは、「この詩篇と'Tithonus'という作品をテニスンの詩作中で最もヴァージル的なものである」[8]と見做し、称揚している。Herbert J. C. Griersonという批評家は「テニスンの作品中、最も感動的であり、見事に構築されている抒情詩」[9]と称揚する。そして又Cleanth Brooksは新批評の視点からこの詩について詳細に検討し、独自の論評を展開しているし、これに対抗する立場からGraham Houghも読みごたえのある論文を発表している。[10]
　こうした古今の評釈を踏まえながら、今日的な視点から今一度この詩を考察してみたい。
　全体の詩想は、一口でいって、過ぎ去った日々の思い出に対する詩人の「新鮮で、うら悲しく、そして不可思議で、胸狂おしい」情感の吐露である。
　第1スタンザでは、愉しさいっぱいの秋の野原を眺めながら、過去のことを考えていると涙が自然と湧き出てくる。この涙はどういう意味があるのか自分でも分からない、とうたうのである。ここで新批評のCleanth Brooksなどはidle tearsのidleというのは「直接的な悲しみによって起こされない（涙）」と定義しながら、「ある聖き絶望の

第3章 『王女』The Princess のなかのソング

淵から」という涙の原因を示唆する詩句と矛盾するのではないか、1つのparadoxになっているのではないか、と問題提起をする。[11] 確かにparadoxといえばいえないこともないが、テニスン自身そうした意識的措辞を狙ったというより、筆者はこのidleという語は、どうしようもなく自然と湧きおこってくる涙、止めどなく溢れる涙、まさにかいなき涙、というふうに解釈したい。そしてそのような視点に立つと、some divine despairという漠然とした表現が理解できるように思えるし、措辞のあやとしてそれは必ずしも矛盾するとは限らないのである。

テニスンがこの詩を作ったのは、先にも触れたように、ティンタン寺院近くであり、秋の黄葉に深い感懐をこめながらの作であると伝記的に跡づけられているが、こうした背景を考えるにつけても、このsome divine despairはいっそう理解される。というのは、この寺院の近くには、あの亡き親友アーサー・ハラムが埋葬されているのであり、おのずからこの亡友のこと、純粋とまでいっていいケンブリッジ時代の交遊などが詩人の脳裡をかすめたことであろうことは想像に難くないからである。詩人とハラムの関係を考えてみると、このdivineという形容辞もよく理解できるのである。

ティンタン寺院へは、筆者も過年訪れる機会に恵まれたが、一介の東洋の旅人としての筆者にさえ、何となく深い感動と興趣を与えてくれた土地柄であり、風景であり、殊にあの巨大な寺院の廃墟に立って眺めると尚更懐旧の情が切々と起こるのであった。親友の墓地が近くにあるとすれば、いっそうその感が強くなるのはけだし当然のことだろう。因みに、この土地は、ワーズワスも深い感動におそわれ、あの'Tintern Abbey Lines'を作詩し、厳粛で神秘的な詩人の自然観を吐

47

第1部　テニスンの絶唱を読む

露したことでも有名である。そういえば、ワーズワスは、この土地を二度訪れ、その辺りの美しい自然を見て、人間世界の苦悩、人生の呻吟を慰めるものは自然美であることをうたい、更に、感覚美によってのみ自然に接近していた幼少の頃とは異なり、今は自然の中に'The still, sad music of humanity'を聞き、その中にこそ神を認めるに至るという歓びを絶唱として開花させているのである。

　さて、このように考えてくると、第2スタンザに出てくる友という言葉は、当然アーサー・ハラムと二重うつしになってくる。このスタンザで注目したいのはfreshという形容詞である。ここではfreshとsadという2つの形容詞を中心に、2つの比喩表現が効果的に用いられている点に注目したい。まず、黄泉の国からわが友を運んでくる大船の、白い帆に映える朝日かげのようにfreshな思い出に言及している。freshのイメージは、白い帆に輝く朝日のひかりで把えられている。そしてもう1つの重要な形容詞sadの比喩表現も、これ又船の帆に映える残照で把えられている。愛する人々と共に、水平線の彼方の、消えて行く帆に映える落日の残照のイメージでsadを表現する。両方の形容辞とも船の帆に映える陽のひかりの変貌によって巧みに把えられているのが、まとまりのある感じを、このスタンザに与えていると思われる。鮮やかな想い出は悲しく心に浮かび、悲しく思い出される過ぎ去った日々は鮮やかさを失わない、というモチーフこそ、この第2連の眼目なのである。

　第3連には、sad and strangeという言葉が中心モチーフである。過ぎ去った日々がsadであり、strangeであるということを巧みな比喩で把える。今や死に瀕している人の耳に、小暗き夏の日の払暁、寝ぼけ鳥の朝一番のさえずり声は、いかにも不思議に聞こえる。今まで

第3章 『王女』 The Princess のなかのソング

聞いたことがなかったような、はっとするような不可思議な声に聞こえてくる。それも、今はのきわの病人の哀しい目には、うすぼんやりと窓辺が白みゆくという情況下においてである。ぞっとするような蒼白の窓辺は、夜もすがら苦しみながら耐えてきた病人の目には、ああ又苦しみの一日が明けるのか、と悲哀を助長することであろう。そういうイメージでこの sad という形容辞を把えていることが分かる。そして平素聞いているようでほんとうは確かに聞いていない鳥のさえずりも、臨終の今になって初めて聞くような strangeness を覚えるというのである。sadness と strangeness という２つのイメージを臨終の人の耳と目を通して描出したのは効果的といってよい。返り来ぬ日の想い出は、そのように sad and strange なのである。

　最終スタンザのキーワードは dear, sweet, deep, そして wild である。第２、第３連と続いて描出されてきた the days that are no more に対するイメージの情調は、fresh から sad へ、そして sad から strange へと推移してきたが、最終連では４つの情調で把えられ、そしてクライマックスは逆説的な Death in Life という措辞で同格化されている。Death in Life という paradox を少しくだいて説明してみよう。いうまでもなく paradox とは、一見いかにも不合理で、また矛盾・撞着しているようでありながら、その実、鋭く真実を衝いている表現である。ここでの、もはや返らぬ日々というのは、過ぎ去ったもの、死んだものと考えられるが、それを Death としよう。しかしそれでも、それは埋もれたままひっそり生きている、つまり生命力をもっているわけである。そう考えると Life といってよい。従って、生命の中に存在する死、Death in Life というのは、埋もれたままに息づいている過去というふうに考えることができようか。そうすると

49

第1部　テニスンの絶唱を読む

前述の dear とか sweet とかの epithets と矛盾しないことになる。又ここの deep とか wild というのは、いわゆる transferred epithets であると考えられる。過ぎ去った日々が deep であったり wild であるのではない。そういう日々を追憶する人間が deep であり、wild な想いに駆られることになるのはいうまでもない。

　最終連の最終行で、いかにも逆説的な表現で「返らぬ日々」の特質を細やかに把えているが、これは当然第２、第３連の比喩の効果に依存するところ大である。全体として考えると、有機的な構造を示しているし、全体の効果の烈しさは、当然、全体の構造の反映といってよい。paradox とか ambiguity 又、反語的対照などを強調している点は、一般に、いかにも非テニスン的な特質と考えられるかもしれないが、この詩の魅力は、しかしながら、そうした措辞における迫力というか、目新しさに存在するといえる。過ぎ去った日々の追憶を唯うら悲しく甘美に把えるだけでは名詩とはなり得なく、単なるセンチメンタリズムに堕してしまう憾みがある。きわめて平凡な、ありきたりの情調を非凡な比喩やイメージで把え、しかも音楽的に完璧さを誇るリズムや韻律で表現しているところは、テニスンの真骨頂でさえある。この詩には脚韻がない。しかしその欠如に気づかないほど、ここには母音の変化と豊かさに満ちている。the days that are no more というリフレーンの効果も大きい。又詩行の行末音は、終わりから２行目の regret という閉音節以外は、すべてオープンの母音か子音であり、又読むときに引きのばせる一群の子音である。この regret なる語は、最終２行目までの流れるような情感に対する発音上の終止符にさえなっていることに着目したい。そして最後のリフレーンの先触れとなっており、且つ、それを浮き立たせる効果をもっている。

第3章 『王女』*The Princess* のなかのソング

この抒情詩は、サミュエル・ジョンソンが、トマス・グレイのあの有名な「墓畔哀歌」に寄せた評言を借りていえば、「万人の心に鏡をもつ、そのようなイメージがいっぱい存在し、各人の胸にエコーするような情感が存在している」まさにそのような詩篇になっているといってよい。

5

'SWALLOW SONG'

　一般に「燕の唄」と呼ばれ、人気の高いこの24行の無韻詩は、3行詩が8個集まって構成されている。1847年の初版からすでに収録されている作品である。前述の「かいなき涙」の35行ほど後に現れる。物語の筋としては、変装姿の王子がピクニックの際、この唄をうたうことになっている。女性たちは王子のうたう「うら声」に少なからずびっくりするが、王子の正体を看破できないでいる。この唄の内容は、王子が北の国のわが家でいるとき、王女に対して抱く恋ごころについて述べる、というものである。

'O Swallow, Swallow, flying flying South,
Fly to her, and fall upon her gilded eaves,
And tell her, tell her, what I tell to thee.

'O tell her, Swallow, thou that knowest each,
That bright and fierce and fickle is the South,

第１部　テニスンの絶唱を読む

And dark and true and tender is the North.

'O Swallow, Swallow, if I could follow, and light
Upon her lattice, I would pipe and trill,
And cheep and twitter twenty million loves.

'O were I thou that she might take me in,
And lay me on her bosom, and her heart
Would rock the snowy cradle till I died.

'Why lingereth she to clothe her heart with love,
Delaying as the tender ash delays
To clothe herself, when all the woods are green?

'O tell her, Swallow, that thy brood is flown:
Say to her, I do but wanton in the South,
But in the North long since my nest is made.

'O tell her, brief is life but love is long,
And brief the sun of summer in the North,
And brief the moon of beauty in the South.

'O Swallow, flying from the golden woods,
Fly to her, and pipe and woo her, and make her mine,
And tell her, tell her, that I follow thee.'

52

第3章 『王女』The Princess のなかのソング

　おお　燕よ、南の国へ　飛んでゆく　燕よ、
あの娘の　もとへ　飛んでゆき、　金色の軒に　とまり、
わたしが　お前に　いうことを　きっと　あの娘に　伝えておく
　　れ。

　おお　伝えておくれ、　われら2人を　知る　燕よ、
明るくて　気性烈しく　移り気なのは　南の人、
暗くて　頼もしく　心優しいのは　北の人だと。

　おお　燕よ、もしも　わたしが　ついて飛べ、あの娘の
格子窓に　とまれたら、わたしは　うたい、さえずり、
ピーピーと　幾多の　恋歌　なきたいものを。

　もしも　わたしが　お前なら、あの娘は　わたしを　呼び入れ
　　て、
胸に抱いても　くれように。そして　わたしの　息の根　絶える
　　まで
雪かとまがう　その胸の　揺りかご　揺って　くれようなものを。

　なぜに　あの娘は　胸内を　恋の衣で　包むのに、
ぐずぐずするのか、森じゅうが　緑に輝く　その時に、
優しい　トネリコが　芽立ちを　しぶる　そのように。

　おお　燕よ、あの娘に　伝えておくれ、お前の雛は　巣立った
　　と。

第1部　テニスンの絶唱を読む

　　又伝えておくれ　わたしが　はね回るのは　南の国に　いるとき
　　　だけ、
　　北の国での　巣ごもりは　すでに久しい　ことなのだと。

　　おお　伝えておくれ、人生は　短けれど　愛は　永しと、
　　北の国では　夏の陽は　短く、
　　南の国では　美しい　月かげも　はかない　ものなのだと。

　　おお　燕よ、黄金の森から　飛んでゆく　燕よ、
　　あの娘の　もとへ　飛んでゆき、うたって　くどいて　わたしの
　　　恋人に　しておくれ。
　　わたしが　お前のあとに　ついてゆくと、きっと　きっと　伝え
　　　ておくれ。

　一読して分かるように、繰り返しの言葉が多用されており、なめらかな流れを生んでいる。例えば、第1連を見ても、swallow, swallow; flying, flying; tell her, tell her といった調子である。ここには高邁な哲学も深遠な思想も難解な理念も決して見当たらず、ごく平易な言葉による恋ごころの告白と願望があるばかりである。
　第2連における、南の国の人と北の国の人の性分の叙述も男女の本然の性分と二重うつしにさせながら巧妙に展開させている。対蹠的な把え方が詩行の印象を強くして効果的といえる。
　第3連に現れる pipe, trill, cheep, twitter などの小鳥のさえずりは、訳詩の際とりわけ「言語の壁」を意識させるものである。又、twenty million loves という大仰な措辞も日本語に移しかえることは

第3章 『王女』*The Princess* のなかのソング

殆ど不可能であろう。

　第4連の 'she might take me in, / And lay me on her bosom, and her heart / Would rock the snowy cradle till I died.' という感覚的な、いなむしろ官能的でさえある表現は、そのソースをシェイクスピアの『ヴィーナスとアドニス』(1185－6) に得ているようである。[12]

　この 'the snowy cradle'（雪のように白い胸の揺りかご）というテニスンのなまめかしい表現は、シェイクスピアの 'hollow cradle' という豊満さを示唆する表現と同様効果的であるし、heart とか rock という語のかもし出すイメージも殆ど同質のものであろう。

　第5連はこのソングの中でも特に比喩表現の光る秀逸のスタンザである。森じゅうが緑に輝いているのに、ひとりトネリコだけが新芽を出すのに逡巡している様になぞらえながら、わが思う恋人の心が情熱の恋衣で包まれるそのたゆたいぶりをなじっているのである。美しい表現が読まれる。

　最後から2つ目の連では、「人生は短く、芸術は長し」にならって 'love is long' と、愛の永続性を表白する。殊に、北の国の夏の日の短さに言及しつつ、南の国の夜空に輝く月の美しさの短いさまを、brief という各行共通の語の繰り返しによって強調しているのが注目される。総じて、単音節の語を多用し、流麗な響きをかもし出すべく二重母音や長母音を意識的に活用している技法が目立つ。

　このソングは、アーサー・サリバン卿という人により、1900年メロディをつけられ、J. チャーチという楽団によって公演されたということである。[13] 恋ごころをうたう「燕の唄」として当時の人々に愛誦又は愛唱されただろうと想像されるゆえんである。尚テニスンには鳥をテーマにした作品がかなりある[14]が、それらの中でもこの「燕の

第1部　テニスンの絶唱を読む

唄」は秀逸に属するものの1つといってよい。

6

'ASK ME NO MORE'

　次に論じようとする抒情詩は、Canto 6 の最終部に挿入されており、9番目に現われるソングである。1850年の『王女』第3版から収められているが、以後何らの改変もうけていない。王女アイダが王子に心を寄せるようになる前触れを示唆する内容であるが、よく考えてみると、これは家庭の外にあって自己の力を発揮しようとする女性は世間の流れに逆って努力精進することになる、というテニスンの持論を抒情詩に表明していることになるのではなかろうか。

  Ask me no more: the moon may draw the sea;
   The cloud may stoop from heaven and take the shape
   With fold to fold, of mountain or of cape;
  But O too fond, when have I answered thee?
        Ask me no more.

  Ask me no more: what answer should I give?
   I love not hollow cheek or faded eye:
   Yet, O my friend, I will not have thee die!
  Ask me no more, lest I should bid thee live;
        Ask me no more.

第3章 『王女』 *The Princess* のなかのソング

Ask me no more: thy fate and mine are sealed:
  I strove against the stream and all in vain:
  Let the great river take me to the main:
No more, dear love, for at a touch I yield;
          Ask me no more.

もうこれ以上　聞かないで。月は　海を　引き寄せるかもしれません。
　雲は　大空から　降りてきて　七重八重に　折り重なり、
　山や岬の形を　取るかもしれません。
でも　ああ　なんて　虫がいいのでしょう、わたしが　ハイの返事をせぬものを？
　　　　　もうこれ以上　聞かないで。

もうこれ以上　聞かないで。どんな返事を　すればいいのでしょう？
　わたしは　落ち込んだ頬や　窪んだ目など　愛しません。
　でも　ああ　いとしい友よ、わたしは　そなたを　死なせはいたしません。
もうこれ以上　聞かないで。わたしが　生きて頂戴などと　命令してはいけないから。
　　　　　もうこれ以上　聞かないで。

もうこれ以上　聞かないで。2人の定めは　もう堅く　決まっているのですもの。

57

第1部　テニスンの絶唱を読む

　　　わたしは　流れに逆らって　あらがいましたが、すべて　すっ
　　　　かり　むだでした。
　　　大河が　わたしを　大海に　運ぶままに　してほしい。
　　　もう聞かないで、いとしい人よ、だって触れれば　わたし　参っ
　　　　てしまいます。
　　　　　　もうこれ以上　聞かないで。

　このソングも前述の「燕の唄」と同様、音楽的であり、単音節語のきわめて多い断章である。125語のうち6語を除いてすべて単音節語であり、しかもその6語も2音節語となっている。(cf. mountain, answered, answer, hollow, faded, against)
　Wallaceという学者によれば、こうした特徴はこの作品に特殊なstatelinessを与えるし、その結果、そのトーンの荘重さを強調することになり、さりとて決してそのメロディーの流麗さを損うことはないと述べている[15]が、筆者も同感である。
　また、今まで見てきたように、挿入ソングは概して『王女』のストーリーと直接関係ないものが大部分であったが、このソングはまさに内容的にもこの場所にぴったり適合している。第1連冒頭部は有名なシェリーの 'Love's Philosophy' を想起させるものであり、気宇壮大な発想に共通点がある。sea, cloud, heaven, mountain といったテニスンの天地自然の用語が、シェリーの fountain, river, ocean, heaven という、これ又天地自然を把えた大らかな歌いぶりを連想させてくれるのである。

第3章 『王女』 *The Princess* のなかのソング

7

'NOW SLEEPS THE CRIMSON PETAL, NOW THE WHITE'

テニスンのいかなるアンソロジーにも必出のかわいい佳篇であるこの作品は、1847年の初版から収載されていた。Canto 7 のほぼ中央部にあり、5つのスタンザから成る、計14行の小品である。第1スタンザと最終スタンザは4行詩であるが、中央の3つのスタンザは各2行から成る珍しい詩形である。この長詩のストーリーとしては、アイダ王女が負傷した王子のベッドの側で看病しながら自分自身にこの断章を読むということになっている。ことここに至り、さしもの王女も王子への愛に目覚めてくるのである。

  'Now sleeps the crimson petal, now the white;
  Nor waves the cypress in the palace walk;
  Nor winks the gold fin in the porphyry font:
  The fire-fly wakens: waken thou with me.

  Now droops the milkwhite peacock like a ghost,
  And like a ghost she glimmers on to me.

  Now lies the Earth all Danaë to the stars,
  And all thy heart lies open unto me.

  Now slides the silent meteor on, and leaves

第1部　テニスンの絶唱を読む

  A shining furrow, as thy thoughts in me,

   Now folds the lily all her sweentness up,
  And slips into the bosom of the lake:
  So fold thyself, my dearest, thou, and slip
  Into my bosom and be lost in me.'

  深紅の花びら　純白の花びら　そこ　ここに　咲き静まり、
宮殿の小径の　いとすぎは　そよとも　揺れず、
斑岩造りの　泉に浮かぶ　黄金ひれの　魚は　まばたきもせず、
蛍のみ　目を醒ます。わたしらも　目を醒ましましょう。

  乳白色の　孔雀は　亡霊のように　うなだれ、
亡霊のように　微光を　放ち続ける。

  大地は　黄金の雨となって　降り注ぐ星の光をうけて横たわり、
そなたの胸は　すべて　わたしに　開け放たれている。

  流れ星は　音もなく　流れてゆき、一筋の輝き放つ
跡を残す、さながら　わたしの胸に　そなたの思いが残るように。

  百合の花は　その甘美さを　すべて包みこみ、
湖のふところに　滑り込む。
わが　いとしき人よ、そなたも　御身を包み込み、
わたしの　胸の中に　滑り込み、わたしの中に　没入せんことを。

第3章 『王女』 *The Princess* のなかのソング

　一読して気づくことだが、5つのスタンザともすべて Now で始まり、ゆったりとした叙景の詩行が展開する。深紅と純白の花びらの色どりのコントラストをはじめとして、*gold* fin, *milk-white* peacock, *shining* furrow といった色彩豊かな epithets を点在させている。

　第4スタンザの the silent meteor の添景は、この詩人のお気に入りのもので、'The Lady of Shalott' にも長く尾を引いて流れる流星の描出が用いられている。[16] 最終スタンザは、the lily と the lake の関係にやや無理をした憾みが残るとはいえ、最終行の 'slip / Into my bosom and be lost in me' を導き出すためには 'slip into the bosom of the lake' という表現が望まれるというものだろうか。静かにこもった深山の湖とそのほとりに秘やかに花開く白百合のイメージは、しみじみとこの断章を自らに読み、その調べをかみしめるアイダ王女と、戦に傷ついて床に横たわる王子との、遂に到達した愛の秘境にふさわしいイメージになっているのではなかろうか。'be lost in me' という究極の強い懇願がいつまでも余韻を残すようである。そういえば、5つのスタンザともすべて me という長母音で終っているが、こうした技法も余韻醸成に奏功しているといえるのである。

　Rick の脚注[17]によると、このソングの形式はガザル（ghazal）というアラビアやペルシャなどの抒情詩形を模したものである。ガザルとは一般に5つから12ほどの2行連句から成り、恋愛や酒をテーマにしたものが多い。ガザルの詩形には、脚韻に同じものを作り出すために、短い間隔で最後の1語（この詩では me）を繰り返し使用する技法があるといわれている。又、ペルシャの恋愛詩にある一般的なイメージとかオーナメント（例えば、バラ、百合、孔雀、星、いとすぎなど）を用いるのもガザルの特徴のようである。そういえば、テニス

第1部　テニスンの絶唱を読む

ンのこのソングにも、バラ、百合、孔雀など一通り必需品は揃っての展開となっている。Ricks によると、テニスンはこのガザルについて Sir William Jones という人の作品から学んでいるということである。[18] 筆者もかつて英国リンカンシャーのリンカン市にある「テニスン研究センター」（Tennyson Research Centre）でこうした類推が正しいことの実証を行う機会を得たし、ケンブリッジ大学の研究室にてリックス教授と2度にわたり直接お目にかかり、種々の意見交換をする機会に恵まれ、極めて有益だった。[19]

　尚、この詩の解釈について中々難解な箇所がある。第3スタンザの1行目、Now lies the Earth all Danaë to the stars がそれである。このままでは何のことかさっぱり理解できない。Danaë というのはギリシア神話で Argos の王の娘である。Zeus が黄金の雨となって Danaë を訪れるという話があるが、これに関連して理解する必要がある。Rolfe という人の注釈[20]によると、all Danaë to the stars＝open to their light falling upon her in a golden shower, like that in which Zeus came down to visit Danaë となっている。結局、筆者もこの注釈に従って試訳したが、何となく詩人としては舌足らずの表現に思われてならない。いずれにしても、恋する乙女が愛する男性にその恋ごころを表白した、優しい、美しいセレナードのような佳篇になっているのは間違いない。

第3章 『王女』 *The Princess* のなかのソング

8

'COME DOWN, O MAID, FROM YONDER MOUNTAIN HEIGHT'

　最後に登場するソングは、これ又人々に広く愛誦され、牧歌的情調に満ちた無韻詩から成る抒情詩である。総詩行は31行で、スタンザは1つである。Canto 7のほぼ中央に位置し、前述の 'Now sleeps the crimson petal' の、2行うしろに出てくるものである。『王女』における筋としては、傷ついた王子を病床で看病しつつ、自らの恋ごころに目覚めた王女アイダによって自分自身にうたうソングとなっており、この点も前掲のソングと同じである。1847年の初版からすでに収められており、詩人の自信作となっている。

　　'Come down, O maid, from yonder mountain height:
　　What pleasure lives in height (the shepherd sang)
　　In height and cold, the splendour of the hills?
　　But cease to move so near the Heavens, and cease
　　To glide a sunbeam by the blasted Pine,
　　To sit a star upon the sparkling spire;
　　And come, for Love is of the valley, come,
　　For Love is of the valley, come thou down
　　And find him; by the happy threshold, he,
　　Or hand in hand with Plenty in the maize,
　　Or red with spirted purple of the vats,
　　Or foxlike in the vine; nor cares to walk

第 1 部　テニスンの絶唱を読む

With Death and Morning on the Silver Horns,
Nor wilt thou snare him in the white ravine,
Nor find him dropt upon the firths of ice,
That huddling slant in furrow-cloven falls
To roll the torrent out of dusky doors:
But follow; let the torrent dance thee down
To find him in the valley; let the wild
Lean-headed Eagles yelp alone, and leave
The monstrous ledges there to slope, and spill
Their thousand wreaths of dangling water-smoke,
That like a broken purpose waste in air:
So waste not thou; but come; for all the vales
Await thee; azure pillars of the hearth
Arise to thee; the children call, and I
Thy shepherd pipe, and sweet is every sound,
Sweeter thy voice, but every sound is sweet;
Myriads of rivulets hurrying through the lawn,
The moan of doves in immemorial elms,
And murmuring of innumerable bees.'

乙女よ、降りてらっしゃい、かなたの山の高みから、
（羊飼いのうたう）山の高みに　何の喜びが　あるのでしょう。
高く　寒く　光彩放つ　その山々の中に？
天国の近くで　動き回るのは　もう止めになさい。
吹き倒された　松の木の側に　日の光を　躍らせないでください。

第3章 『王女』*The Princess*のなかのソング

あのきらめく　尖った峰の上に　星を座らせるのも　止めてほしいのです。
降りてらっしゃい。恋人は谷間のものなのです。降りてらっしゃい。
恋人は　谷間のものなのです。降りてらっしゃい。
そして　恋人を見つけなさい。心たのしい入口の側で　恋人は
とうもろこしの中で　大勢のものと　手に手を取って、
また　大桶の　ほとばしる紫色の　酒に酔いしれて、
また　ぶどう園の　狐のように　振る舞っているのです。そして
シルバーホーンの　峰の上を　「死神」や「朝」と歩くのを　望んでもいません。
また　そなたも　白い飛沫の渓谷で　恋人に　わなをかける　つもりもないでしょう。
氷の入江に　恋人が　落下するのも　見たくないことでしょう。
その入江は　氷が群がり集まり　溝を切って進む滝となり、斜めに走り、
そして　氷の小暗い洞窟から　急流が　ほとばしり出ています。
でも　後について行きなさい。急流に身をまかせて　降りなさい。
そして　谷間で　恋人を見つけなさい。
頭のやせた　気侭な鷲に　ひとり鳴くがままに　させてください。
そして　そこのおばけのような　岩棚に　傾斜するがままに
まかし、幾千の落下する水煙の輪を　散らすがままに　させてください。
その水煙は　空中に　目的を失った人のように　漂いますが、
そなたは　そのように　漂うことなく　降りてらっしゃい。谷間は　すべて

第1部　テニスンの絶唱を読む

　　あなたを待っています。青空には　暖炉の煙が立ち昇っています。
　　子供たちは　呼んでいます。そなたの羊飼いのわたしも
　　笛を吹いているのです。どの音も　みんな　美しい。
　　そなたの声は　もっと美しい。しかし　どの音も　みんな美しい。
　　幾多の小川は　芝生を急いで　下りゆき、
　　太古の趣をもつ　ニレの巨木には　鳩が鳴き、
　　数限りない　蜜蜂は　羽音にぶく　音を立てているのです。

　この抒情詩は、詩人が1846年8月、スイスのラウターブルンネン及びグリンデルバルトで書いたものである。出版業者のエドワード・モクソンとスイス旅行をしていたときである。[21]　一読して分かるように、この美しい国の壮麗な嶺々やすばらしい渓谷の描出がなされている。旅の感動が巧みに詩作として結晶されているといえよう。
　この有名なソングについては、刊行当初より多くの批評家や学者が種々の論評を展開しているが、まず初めに、そうしたものの中から主要なものを取り上げ、考察してみたい。
　Victorian Poets という著作の中で Stedman はこれについて、「おそらく客観美そして作品の仕上げに関する限り、この『王女』全体を通じて最高の出来ばえである。Polyphemus が Galatea に対して行ったアポストロフィー（頓呼法）を模した作品であろう。これほど古代と現代の情感が細やかに対照されている例はかつてなかった。前者は、明晰、簡潔、無心であり、メロディーやトーンに関しては完璧である。後者は、より崇高であり、より知的であり、現代人の魂をもってはいるが本来は古代風になっているといってよい。海の代りに山を置換し、愛するニンフの住み処としているわけだが、これは、テニスンが

第3章 『王女』*The Princess* のなかのソング

Theocritus の使用した題材を改変した唯一の箇所である」[22]と述べて、称揚する。

同時代の著述家チャールズ・キングスレー（1819-75）は、特にこの最終の3行について「こうした3行を読んでみると、英語という言語が 'harsh and clumsy' な言語であるなどと果たしていえるだろうか。表現力に富んだメロディーを得んとして、一体どうして、めめしい、単調なイタリア語などを求める要があろうか。こうした詩行には、川の瀬の速いさざなみ、森鳩の啼き声の威厳ある落ち着き、そして最終行の、あの短い音節とソフトな流音の繰り返しの中には、無数の蜜蜂の呟くような唸り声を、一体耳にしない者があろうか？」[23]と述べている。

Dawson という批評家も「この最終の数行には圧倒的な、しかも想像力豊かな魅力がある。その魅力は、ほとんど魔術的とさえいえるものである。キーツの措辞を想い起こさせる。キーツにとっては秀逸の詩句は身も心も酔わせるような歓びだった。ここの表現も、ことばが表明しうる、最も素晴らしい、最も魔術的なメロディーになっている」[24]と力説する。

では、こうした先人たちの批評や賛辞を踏まえながら順次、詩行にそってこのソングの考察と評釈を試みよう。

'Come into the garden, Maud' という有名な『モード』（1855）の中の断章[25]と同じように、この 'Come down, O maid, from yonder mountain height' という冒頭詩行も広く人々に愛誦されている有名な箇所であるが、アポストロフィー（頓呼法）による命令文が殊のほか親しまれ易い要因となっているのではなかろうか。

67

第1部　テニスンの絶唱を読む

　　　To glide a sunbeam by the blasted pine,
　　　To sit a star upon the sparkling spire

における blasted pine とか sparkling spire という詩句は、いかにも牧歌的な響きを与えるし、写実的な迫力をもっている。sparkling spire とはアルプスの鋭く屹立する雪の嶺であるのはいうまでもないが、sit a star upon the sparkling spire という、[s] 音の凛々しく、透みきった感じを与える頭韻の連続が、絵画的な美しさを助長するようである。

　アルプス山脈の壮麗雄大な風景については、バイロンの『マンフレッド』（Ⅰ、ⅱ）やコールリッジの「日の出前の賛歌」などが思い起される。

　12行に出てくる 'fox in the vine' という措辞も一読しただけでは理解しにくいものである。A. S. Cook の脚注によると、これは「ソロモンの歌」の次のような表現、'Take me the foxes, the little foxes, that spoil the vine'、又は Theocritus の『牧歌』Ⅰの 'Two foxes, one is roaming up and down the rows, spoiling the ripe grapes' に典拠をもつものではないかと記されている。[26]

　13行目の Morning については *Hamlet* の中の Morning walks on the mountains here, as o'er the dew of yon high eastern hill （Ⅰ, ⅰ, 167）が連想される。また、この行の Silver Horns というのはインターラーケンから見られるユングフラウの白銀の高峰のことである。筆者も過年の夏、インターラーケンに泊まり、この宿舎の窓から眺めたこの高峰の白銀の壮麗さに感動したのを今懐しく想起しているが、こうした経験がこの詩行の味読に大いに役立っているのはいうまでもない。

第3章 『王女』*The Princess* のなかのソング

　Dawson は、この描写の中に詩人が Death を導入しているのは朝まだき光の中の高峰が死の蒼白の如き、ひややかな灰色を呈しているためではないか、と述べているが、筆者も同感である。

　次に、このソングの中で最も難解で筆者も訳出上難儀を極めた詩行に触れたい。15、16、17行目である。特に16行目は今もってその解釈に自信がもてないほどである。一応訳詩のように結論づけてはいるが、詩行の描き出す情況は残念ながら定かでないといわざるをえない。そういえば Bayard Taylor という批評家も、この3行に触れて、「肉眼でじかに Mer de Glace を見たことのない人にとってはこの箇所はほとんど理解できないのではないか。事実、互の関連に言及しないままに特殊な情況を完璧に描き出そうとする傾向のあまり、表現全体が弱体化し混乱している」[27] と論断する。テニスンの、詳細をきりつめて表現しようとする技巧過多の悪い例ではなかろうか。この部分の dusky doors というのは、氷河の下部の、小暗い氷の洞窟のことと思われるが、これとて詩的情感をもった措辞とはいえ難解といわざるをえない。

　20－22行目に現われる次のような表現、

　　　　　　　　　　　　　　　　　・・・leave
　　The monstrous ledges there to slope, and spill
　　Their thousand wreaths of dangling water-smoke

においては、この slope という動きを表わす動詞を用いている効果を無視できない。この詩行を生き生きとさせるのに奏功している。また、水煙の描写は、この詩人の 'The Lotos-Eaters'（8－9）の、よく知

第1部　テニスンの絶唱を読む

られた詩行、

> And like a downward smoke, the slender stream
> Along the cliff to fall and pause and fall did seem.

を想起させるものである。あるはたゆたい、あるは素早く落下するように見える滝の流れを叙して誠に巧みである。[28]

ここから3行ほど後に現われる azure pillars of the hearth は、いささかオーバーな表現と思われるが、これは勿論 ascending smoke のことであろう。

そしていよいよ最終の3行が現われる。多くの批評家が特に注目しているように、このソングを締めくくるのに実に奏功している。描出される内容もさることながら、それを表わす言葉の音楽、特にやわらかい音感をかもし出す流音（l,r,m,n）などを主調として、摩擦音などを取り除いたこれらの詩行は、テニスン芸術の技法上の真骨頂を示しているものといえるのではなかろうか。

むすびにかえて

以上、『王女』なる長詩に挿入されている抒情詩のうち、主要な8篇ばかりのソングを考察してきたわけだが、いずれも抒情味溢れる美しい作品ばかりである。近年刊行されるアンソロジーの中にもこうした断章は必出の作品となっていることでも分かるように、現代人の目にも耳にも読みごたえのある、聞きごたえのある佳品となっているわけである。とりわけ、'Tears, idle tears'、'Now sleeps the crimson

第3章 『王女』The Princess のなかのソング

petal', 'The splendour falls', 'Come down, O maid' などは、英語という言語で書かれた抒情詩の中でも最高の部類に属する言語芸術品であり、テニスン詩の最高傑作と謳われるのも当然であろう。

テニスンの『王女』は、はじめにも触れたように、全体として読まれることは今日少ないが、これは物語詩人としてのテニスンの稟質不足にも関連することだろうが、扱われているテーマ、内容との関係もあろうと思われる。やはり、テニスンは抒情詩人として秀れた才能を持っている。しかもリズムや韻律上の面からの見事な技法の開陳をみると、この桂冠詩人の本領は、まさしく、こうした『王女』の中に点在している抒情詩群にあますところなく開花されていることが窺われるし、今尚、これらが読み継がれ、愛誦されている事実も、自明の理と思われるのである。

注

1. 引用の詩行は、C. Ricks, *The Poems of Tennyson* (London & Harlow: Longmans, 1969). に準拠。以下同じ。
2. A. S. Cook, Tennyson's *The Princess* (Ginn & Company. 1897), p.35.
3. Christopher Ricks, *The Poems of Tennyson* (Longmans. 1969), p.772.
4. A. S. Cook. *op. cit.*, p.65.
5. Hallam Tennyson, *Tennson — A Memoir* (Macmillan. 1897), Vol.2, p.73.
6. J. T. Knowles, *The Nineteenth Century*, No.33, p.170.
7. *cf.* A. S. Cook, *op. cit.*, p.87.
8. D. Bush, *Mythology and the Romantic Tradition in English Poetry* (Harvard U. P., 1937), p.211.
9. H. J. C. Grierson, *The Cambridge History of English Literature*

第 1 部　テニスンの絶唱を読む

(Cambridge U. P.)., No.13, p.35.
10. J.Killham, ed., *Critical Essays on the Poetry of Tennyson* (Routledge & Kegan Paul, 1960), pp.177-191.
11. J.Killham, *op. cit.*, p.178.
12. Lo! in this hollow cradle take thy nest:
My throbbing heart shall rock thee day and night.
13. G. O. Marshall, Jr., *A Tennyson Handbook* (Twayne Publishers, 1963), p.116.
14. *cf.* 'The Blackbird', The Dying Swan, 'The Eagle', 'The Goose', 'The Lark', 'Song-The Owl', 'Song-The Lintwhite and the Throstlecock', 'The Throstle' などがある。
15. *cf.* A. S. Cook, *op. cit.*, p.160.
16. 拙著『テニスンの詩想』桐原書店、1992, p.98.
17. Christopher Ricks, *The Poems of Tennyson* (Longmans, 1969), p.834.
18. *Ibid.*
19. 昭和60年度の文部省在外研究員として、6ヵ月、英米などの大学で研究する機会に恵まれたが、特にケンブリッジ大の Christopher Ricks 教授には格別のご高配にあずかった。記して謝意を表したい。
20. *cf.* A. S. Cook, *op. cit.*, p.168.
21. G. O. Marshall, *op. cit.*, p.118.
22. *cf.* A. S. Cook, *op. cit.*, p.169.
23. *Ibid.*, p.171.
24. W.J.Dawson, *Makers of Modern English*, 1890, p.174.
25. 拙著『テニスンの詩想』桐原書店、1992, pp.375-81.
26. A. S. Cook, *op. cit.*, 170.
27. *cf.* A. S. Cook, *op. cit.*, p.170.
28. 拙著『テニスンの詩想』桐原書店、1992, pp.171-72.

第4章 「ヘスペロスの娘たち」'The Hesperides'
── ＜神話と象徴＞に彩られた若き詩人の心象風景 ──

1

　テニスンの作品には古典や神話にその題材を得ているものが少なくない。「シャロット姫」「ユリシーズ」「ルクレーティウス」などの短い作品をはじめ、全巻12巻1万余行の一大叙事詩『国王牧歌』もそうである。古典の中でも、とりわけギリシア神話にその典拠を置いているものには、「イノーニー」「ティソウナス」をはじめ、今ここに取り上げようとする「ヘスペロスの娘たち」'The Hesperides' などがある。キーツは『エンディミオン』や「ハイペリオン」、シェリーは『いましめを解かれたプロミーシュス』などにおいて、それぞれギリシア神話を不朽の詩作品に昇華させているが、若きテニスンはこの「ヘスペロスの娘たち」においてテニスン独自の世界を構築しているといえる。
　この作品は『1832年詩集』に初めて公刊されたが、それ以後詩人の生存中に二度と再録されなかった作品である。[1]
　長い間無視されてきた詩篇であるが、それ自体、よく読めば中々魅力に富んだ作品である。この詩人の初期詩の多くの表現に対して重要な係わりをもっているいくつかのモチーフとかイメージ群を中心に究

第1部　テニスンの絶唱を読む

明を試みると、格別の魅力をもっているようにも思われる。

　この本来の神話は、テニスンの古典詩に特有といってよい1つの方法で取り扱われている。つまり詩人は、ヘスペロスの庭の寓話を詳細に物語ることはしないで、テニスンの個人的な、芸術的なアレゴリーとして、この神話の言外の意味を活用しようとしているようである。別のいい方をすれば、神話を単なる神話の内容の紹介や説明に終始させることなく、テニスンの精神史における芸術的解釈として活用している点に注目すべきではなかろうかと思われるのである。

　この詩には、先ず、ミルトンの『コーマス』から取っている題辞めいたものが2行あるが、ミルトンが描くヘスペロスの娘たちの園と、19世紀のテニスンが考えるヘスペロスの庭との比較対照は興味あるものである。ミルトンの描出する彼女らの園は、休息とうれしい自由の場所であり、再生の源泉となっているようである。

　テニスンのこの詩には『コーマス』の宗教的意味あいは欠けているといえよう。両者の詩の類似点といえば、庭というものを特権のある者への休息の場所、又、創造性の源泉として考える、その考え方であろうか。ミルトンにおいては、この庭はより高次元の生活の園、テニスンにあっては、芸術生活の園といってよかろうか。いずれにしても、19世紀のテニスンはテニスン流に、ヘスペロスの娘たちの園を解釈し、詩的結晶として開花させているのである。ここには、若き日の詩人の古典に関する知識の追憶と、詩人自身の芸術観、人生観、処世観との融合が見られるといってよいだろう。

　題辞ともいうべき『コーマス』の2行に続いて序詩(Introduction)がある。13行から成る無韻詩のスタンザである。続いてソングとして不規則な韻律のスタンザが4個あり、このソングの

第4章 「ヘスペロスの娘たち」'The Hesperides'

総詩行は103行である。

テニスンの初期詩集（1830年、1832年）にはよく見られるように、この詩でもnewstarrèd, charmèdのようにいわゆるwritten accentsが散見されるし、不細工な複合語も少なくない。序詩には特に多く、Northwind, bloombright, cedarshadeなど全部で5個も多用されている。いかにもテニスンの'Juvenilia'の特徴をよく示しているといえる。[2]

本詩については刊行当初、痛烈なる酷評がなされている。Bulwerという人は『1833年詩集』の批評の中で、この詩と「イノーニー」について、＜骨の髄までキーツ的であり、最高の'Cockney classic'である＞とこきおろしている。J．S．ミルも「この詩は詩集から除外されるべきである」と述べている。アメリカの批評家J．ドワイトは「まるで真空の中にあるような、全くもって、隔離された作品の1つ」と見做しており、一般に不評の多かった詩篇である。[3] とりわけ、J．W．クローカーは、1833年4月号の『季刊評論』で、この詩を酷評している。[4] テニスンが後々の詩集にこの詩を除外することになったのは、このような批評家たちの酷評のせいであったろうと思われているほどである。

しかし1930年代になって、T．S．エリオットは「本詩はテニスンの古典に関する学識と韻律の駆使力を例証するものである。……」と述べ、原詩行を一部分引用し、論考している。そして更に「このように書くことができる青年は、もう韻律について学ぶものはほとんどない。そして、1828年から30年頃にかけて、このような詩行を書きえたこの青年は、何か新しいことを成就していたのであった。彼の先輩たちの誰からも伝受していない何かあるものである。……」と述べて、

75

第1部　テニスンの絶唱を読む

本詩の新しさに着目している。[5] 又、ダグラス・ブッシュもその名著『神話とロマン主義の伝統』(1937)でこの作品を「注目すべき作」と評したのち、＜これは魔術と神秘を湛えた最も純粋な詩篇であり、おそらくテニスンの創作した唯一の'piece of myth-making'であろう。「クーブラ・カーン」の詩人に対して阿片が果した役割を、この『コーマス』の2行がわが若き、きまじめな詩人に対して果したのであった。(中略)テニスンの詩作品の中で、神話に題材をとったこの奇しき詩篇ほど、美と奇妙さの渾然一体となった様相のうかがいしれるものは、断じて他にないであろう＞と述べている。[6]

こうした好評、酷評という文学批評における浮沈乃至振幅は、文学批評においては珍しいことではないが、一体どうしてこのような解釈の相異が生じるものであるのか、今日的な意味でこの詩の価値はどのような所にあるのか、筆者なりに追究してみたいと思う。

本詩は100行余りの詩行なので全行を引用し、試訳をつけたい。その冒頭は次のような無韻詩から成る序詩ではじまる。

2

　　　　Hesperus and his daughters three,
　　　　That sing about the golden tree.

　　　　　　　　　　　　　　　　Comus [982-3]

　　The Northwind fallen, in the newstarrèd night
　　Zidonian Hanno, voyaging beyond
　　The hoary promonotory of Soloë
　　Past Thymiaterion, in calmèd bays,

第4章 「ヘスペロスの娘たち」 'The Hesperides'

Between the southern and the western Horn,
Heard neither warbling of the nightingale,
Nor melody o' the Lybian lotusflute,
Blown seaward from the shore; but from a slope
That ran bloombright into the Atlantic blue,
Beneath a highland leaning down a weight
Of cliffs, and zoned below with cedarshade,
Came voices, like the voices in a dream,
Continuous, till he reached the outer sea.

　　黄金の木のまわりで歌う
　　ヘスペロスとその3人の娘たち
　　　　　　　『コーマス』982-3

北風は落ちて、新星の輝く夜空に
ハノーはソロエの白い岬を回り、
チミアテリアンを過ぎ、
南北の岬の間に横たわる
波静かな入江を航行しながら
小夜鳴き鳥のさえずりも、
岸辺から海の方へと渡っていく
リビアの蓮の笛の音も耳にしなかった。唯、
重疊たる絶壁の方へと傾斜する高地の麓のあたり、
大西洋の青い海へと、バラ色に輝いて屹立する
斜面の杉の木立のかげから、
さながら夢見る人の声にも似た声が切れ目なく、

第1部　テニスンの絶唱を読む

　ハノーが外海に出るまで聞こえてきた。

　ここには神話と地理・歴史上の事実とが渾然一体となってうたわれている。ヘスペロスとその3人の娘たちは、勿論、ギリシア神話の人物たちであるが、ハノーは紀元前5世紀にアフリカ西海岸を航行・探険したカルタゴの実在人物である。
　本詩のソースについてC．リックスの述べている所によると、テニスンはFalconerという人の訳した『ハノーの航海記』(1797) なる本を利用したように跡づけられるそうである。更に、リックスは、フォルコーナーの本の地図の中には実際、Hesperides Islands の印が施されているし、本詩のソングの基本的な着想にもフォルコーナーが影響を与えたことが推測されると述べている。[7]
　ここに示されているソロエとかチミアテリアンというエキゾチックな響きをもつ固有名詞は、この詩の幻想的な雰囲気に奏功しているともいえるが、リックスの脚注によると前述のフォルコーナーの地図の中に見られる地名のようである。ソロエというのは、リビアの岬のSoloeis のことだとD．ブッシュも指摘している。チミアテリアンはフォルコーナーのギリシア語の原本中の名前にあったもののようである。リックスの脚注では、こうした地名が現在のどの地名であるか明示されているが、我々には要するに、この詩行のもつエキゾチックなたたずまいが神秘感と強烈な具体性を与え、序詩として奏功している点に注目したい。マーローが『タンバレン大帝』や『マルタ島のユダヤ人』などで、固有名詞を見事に駆使して表現に迫力と響きの美しさを具現しているのをここで想起するわけである。
　ただ、この序詩においても散見される複合語（cf. Northwind,

第4章 「ヘスペロスの娘たち」'The Hesperides'

newstarrèd, lotusflute, bloombright, cedarshade) は、テニスンの初期詩の特徴であり、公刊当初、批評家たちから 'unwieldy' と評されたものである。また、後半部分の from a slope から the outer sea までの詩行の解釈については、極めて難解な点が多い。特に、10行目の Beneath a highland leaning down a weight / Of cliffs は、どのような情況で、どの語を修飾しているのか判然としない憾みがある。又、zoned below with cedarshade という箇所は、試訳のように a slope の修飾句であるのかどうか釈然としない。詩想余って字句不消化のそしりを免れないのではなかろうか。

　要するに、この序詩全体の動きの骨子は、ハノーが地中海を航行しながら、ナイチンゲールやリビアの笛の音の代りに、あのけだるい、夢見る人のような声——これこそ遠くから聞こえてくるヘスペロスの娘たちの歌声だろうが——を聞きつつ、遂に大西洋に出てきた、というものである。夜風ははたと落ち、現われ出たばかりの星の輝く夜の神秘感と異国的幻想性がこの序詩の眼目といってよい。

3

本体ともいうべきソング第1部は、次のように始まる。

SONG
I

The golden apple, the golden apple, the hallowed fruit,
Guard it well, guard it warily,
Singing airily,

第1部　テニスンの絶唱を読む

Standing about the charmèd root.

Round about all is mute,

As the snowfield on the mountain-peaks,

As the sandfield at the mountain-foot.

Grocodiles in briny creeks

Sleep and stir not: all is mute.

If ye sing not, if ye make false measure,

We shall lose eternal pleasure,

Worth eternal want of rest.

Laugh not loudly: watch the treasure

Of the wisdom of the west.

In a corner wisdom whispers. Five and three

(Let it not be preached abroad) make an awful mystery.

For the blossom unto threefold music bloweth;

Evermore it is born anew;

And the sap to threefold music floweth,

From the root

Drawn in the dark,

Up to the fruit,

Creeping under the fragrant bark,

Liquid gold, honeysweet, through and through.

Keen-eyed Sisters, singing airily,

Looking warily

Every way,

Guard the apple night and day,

第4章 「ヘスペロスの娘たち」'The Hesperides'

Lest one from the East come and take it away.

黄金の林檎を、黄金の林檎を、聖なる果実を
よく守れ、用心して守れ、
軽やかに歌いながら
魔法の樹の根元に立って。
あたりは静まりかえり、
さながら山の嶺の雪の原のよう、
山の麓の砂の原のよう。
わにたちは塩からい入江で
眠り、動くことはなく、万物は静まり返る。
もしお前たちが歌わなければ、もしも誤まった拍子をとれば、
我々は永遠に歓びを失い、
永遠に休息を失う破目になろう。
声を立てて笑うな。西の国の知恵なる
宝物を注意して見張れ。
片隅で知恵がささやく。5たす3は
（人にいいふらすな）恐ろしい神秘となる。
なぜなら花は三重の楽の音に合わせて花開き、
とこしえに、新たに、花は生まれる。
そして樹液は三重の楽の音に合わせて流れ、
樹の根から
暗闇を通って
果実の方へと
かぐわしい樹皮の下を這って流れる、

第1部　テニスンの絶唱を読む

　　黄金の液、蜜の甘さに満ちた樹液は限りなく。
　　眼の鋭い姉妹たちよ、軽やかに歌いながら、
　　用心して、あちこちを
　　見張りながら
　　夜も昼も林檎を守れ、
　　東の国の者が来て、うばい去らぬように。

　一読して分かることだが、いかにも秘儀めいた仕草と挙動の横溢した内容である。一種の呪文といってよい。若き日の詩人の最も華麗な調べで書かれた呪文といってよい。声を立てて笑うことなく、用心して、あちこちを見張りながら、昼も夜も林檎を死守している神秘的な形相が、浮かび上がる詩行といえる。殊に、5たす3は恐ろしい神秘となる、という所は、人にいいふらすな、と警告することによって一層不気味な迫力をもっている。この数のもつ象徴については後に改めて考察することとなるが、もう1つ奇妙な点は「もしお前たちが歌わなければ、又もしも誤った拍子を取れば、我々は永遠に歓びを失い、永遠に休息を失う破目になろう」という箇所である。この黄金の果実は、いつまでも歌をうたい続けることによってのみ、又拍子を間違わないようにすることによってのみ、守りえるのである。

　では一体、この黄金の林檎とは何なのであろうか。詩人はこれによって何を象徴しようとしているのだろうか。筆者は躊躇することなく、それは詩人の作品、詩人の大切な霊感だと思う。G. R. スタンヂも、この作品は芸術家の立場を象徴的に述べたものだ、と主張しているが、[8] 筆者も同感である。

　詩人の霊感、詩想の泉というのは、俗人に土足で踏みにじられない

第4章 「ヘスペロスの娘たち」'The Hesperides'

ように心して守らねばならない。俗世から距離を置いて保持されねば純粋の創作活動はむつかしいものだとするテニスンの詩人観の1つの表われと理解できるのである。初期作品の「詩人」や「詩人の心」といった詩篇の中でもこの旨のことが述べられている。

シェリー的なメタファーが多用されている「詩人」という作品では、まず、詩人の思想は「行方分からぬ矢」として把えられ、続いて「インディアンのあし笛」「タンポポの、矢のような種子」などに喩えられ、変形されて「金の花」を産み出し、そしてこの花は「真理という、翼のある矢」を更に遠方へと飛ばし、遂に世界は1つの「大きな庭」になるというのである。

この詩の第2スタンザでは、詩人を超俗の予言者（seer）と考え、詩人の義務は人生の真実を見抜き、それを語ることだと強調している。

「詩人の心」という作品は、シェリー的というよりコールリッジ的な趣をもった詩篇だが、詩人の心は「聖なる大地」（holy ground）であり、聖なる水で育てられた花の咲く、聖なる庭園というイメージで把えられている。そして「憂うつそうな顔の詭弁家」に対してあらゆる場所が神聖であるから近よる勿れ、と警告しているが、これは「クーブラ・カーン」において、詩人の住んでいる「荒涼たる土地」（savage place）は 'holy and enchanted' であるので、人々は用心しないといけない、といっている表現に類似している。コールリッジ的残響をもつこの作品も前述の「詩人」なる作品も、詩人の心は一般人の理解しえない聖地として、又、詩人は神秘的で不思議な能力をもった存在であるというふうに考える共通点がある。

テニスンの、こうした詩人観は、勿論、20歳代の青年詩人としての詩人観の一部を成すものであるが、「詩人は神聖である」という考

第1部　テニスンの絶唱を読む

え方は、テニスンが終生抱いていた本質的態度であったように思われる。

　このように考えてくると、本作品における黄金の林檎というのは、芸術家のインスピレーション、あるいは又、それから生まれた芸術作品なるものの象徴として把えると、本詩も味わい深く、しかも理解し易いといえる。26－7行で「西の国の知恵なる宝物」と明言されている黄金の林檎は、まさに芸術家の力強い洞察力あるいは詩人の至高なる詩才などの象徴として把えることも可能であり、いずれにしても若き日の詩人の神話解釈と詩人自身の詩人観、処世観、人生観との興味深い融合が垣間見られるといえるのではなかろうか。

4

ソング第2部に移ろう。

II

　Father Hesper, Father Hesper, watch, ever and aye,
　Looking under silver hair with a silver eye.
　Father, twinkle not thy stedfast sight;
　Kingdoms lapse, and climates change, and races die;
　Honour comes with mystery;
　Hoarded wisdom brings delight.
　Number, tell them over and number
　How many the mystic fruittree holds,
　Lest the redcombed dragon slumber

第4章 「ヘスペロスの娘たち」'The Hesperides'

Rolled together in purple folds.
Look to him, father, lest he wink, and the golden apple be
   stolen away,
For his ancient heart is drunk with overwatchings night and
   day,
Round about the hallowed fruittree curled ─
Sing away, sing aloud evermore in the wind, without stop,
Lest his scalèd eyelid drop,
For he is older than the world.
If he waken, we waken,
Rapidly levelling eager eyes.
If he sleep, we sleep,
Dropping the eyelid over the eyes.
If the golden apple be taken
The world will be overwise.
Five links, a golden chain, are we,
Hesper, the dragon, and sisters three,
Bound about the golden tree.

父なるヘスパーよ、父なるヘスパーよ、いつまでも見張り、番を
   してほしい。
白銀の髪のもと、白銀の眼(まなこ)を見開きながら。
父よ、そなたの不動の眼差しをまばたかないでほしい。
王国は衰退し、気候は変化し、人類は死滅する。
名誉の到来は神秘を伴い、

第1部　テニスンの絶唱を読む

　　英知の蓄積は歓喜をもたらす。
　　数をかぞえて彼らに知らせてほしい。
　　あの神秘の果樹が如何ほどの果実をみのらせているかを。
　　赤いとさかの竜が紫こむる山脈(やまなみ)に
　　どくろを巻いて眠ることのないように。
　　父よ、竜がまばたきをし、黄金の林檎が掠め取られないように気
　　　をつけてほしい。
　　なぜなら、竜の年老いた心は昼夜の見張りに酔いしれてしまい、
　　聖なる果樹のまわりに、どくろを巻いている——
　　止まることなく、とこしえに、風の中で歌え、声を立てて歌え、
　　竜の、うろこのある瞼が閉じないように。
　　なぜなら、竜はこの世界より年をとっているからだ。
　　もし竜が目をさませば、我々も目をさまし、直ちに熱のこもった
　　　眼差しを向ける。
　　もし竜が眠れば、我々も眠り、
　　眼に瞼を下ろす。
　　もし黄金の林檎が盗まれるなら、
　　世界はあまりにも賢明になりすぎるだろう。
　　我らは5つの輪の黄金のくさりだ。
　　ヘスパー、竜、そして3人の姉妹たち、
　　みんな黄金の樹のまわりに結ばれているのだ。

　このスタンザは、父なるヘスパー、宵の明星としてのヘスパーに対して3人の娘たちが呼びかけ、祈念している断章である。殊に、

第4章 「ヘスペロスの娘たち」'The Hesperides'

Kingdoms lapse, and climates change, and races die;
Honour comes with mystery;
Hoarded wisdom brings delight.

という3行の、高邁な、格調のある詠みぶりは金言風のひびきをもっている。この引用1行目は、特に、テニスンの「ティソウナス」という、これ又ギリシア神話に基づいた佳篇の冒頭部

The woods decay, the woods decay and fall,
The vapours weep their burthen to the ground,
Man comes and tills the field and lies beneath,
And after many a summer dies the swan.

の詩想を、もっと端的に、しかも警句風にうたった措辞となっている。天に輝く宵の明星のヘスパーにとって、地上の人類の栄枯盛衰は、まさに、この詩行1行にて充分に表現しうる些細なる事柄にすぎないのだ、といわんばかりのリズムであり、表現であり、テニスンの筆致の冴えが窺われる。これに続く2行の中に占める4つの抽象名詞 (Honour, mystery, wisdom, delight) も夫々、金言風警句の誕生に奏功しており、味わいのある詩行といえる。

　この断章の中ほどに、ドラゴンについての言及がある。これはヘスペロスの娘たちと共に黄金の林檎の番をしている Ladon のことである。日に夜をつぐ見張りにつかれ果てている老体のドラゴンが、どくろを巻いている様相が描出されている。この詩では言及されていないが、因みに、ギリシア神話ではヘラクレスという英雄によって、結局

第1部　テニスンの絶唱を読む

この林檎は奪われるのである。ヘラクレスがこの林檎を奪うようになるのも、彼に課せられた12の難行の1つに、この林檎奪取という仕事があったからである。ヘラクレスは長じて大力無双の勇士となり、テーベ王クレオンの娘メガラを妻として迎えたが、これがヘーラの嫉妬を買う破目となり、このあまりの激しさに発狂して自分の妻子を殺してしまうのである。この報いとしてティリンス王の下に12年間仕え、上述の12の難行を成し遂げたのである。ヘスペリデスの庭の林檎を盗むのは11番目に課せられた仕事だったのである。しかしテニスンは、このような詳細な神話内容には把われずに、彼なりの解釈で、こうした神話知識を活用しているのである。

　さて、ここで数字の神秘について一考してみたい。前節で「5たす3は神秘となる」(Five and three ... Make an awful mystery.) という表現に少し触れたが、この5という数字はこの断章の最終行あたりに解釈のヒントがあるようである。「われらは5つの輪の黄金の鎖だ」という5である。この数字については、G. R. スタンヂの見解に耳を傾けたい。「数占い者にとって5という数は、偶数と奇数を結びつける最初の数であるようだ。つまり第一の偶数（2）と第一の奇数（3）である。したがって、この5という数は対立するものを初めて統合するものである」[9]。そういえば、ギリシアのピタゴラス学派によれば、2という数字は「女性」を示し、3という数字は「男性」を示すとされている。さらに、5という数字は結婚を示すといわれている。上記のスタンヂのいう「統合」と同一概念であろう。2＋3＝5という等式が成立することから、このことは容易に推察できることである。5という数が偶数と奇数の結合体であることからギリシア人の間では、これを五芒星形（ペンタグラム）として光、健康、活力の

第4章 「ヘスペロスの娘たち」'The Hesperides'

護符として用いられていたそうである。[10]

　しかし、われわれが一般に5といえば、経験上、自然な連想は五感に関するものではなかろうか。考えてみれば、詩人の感受性はこの五感によって培われるものであるし、この五感こそ詩的才能や詩想なるものの根幹を成すものであろう。この詩が詩人の立場を象徴的に表明したものと考えると、五感の王者たるべき芸術家、そして言語芸術家たるものの象徴として、五者から成る黄金の鎖は、いかにも象徴的な存在物であるといえる。文字どおり 'five links, a golden chain, are we.' ということになるのは至言である。

　では3という数はどうであろうか。これは明らかに 'sister three' の3であろうと思われる。しかし、G. R. スタンヂも示唆するように、黄金のリンゴの木の3つの部分、つまり、根、幹そして果実をさすとも考えられる。こうしたものが三者一体となってこそ、生命ある統一体となるのである。3つの要素は、成長のプロセスと芸術想像の本質を象徴しているだけでなく、肉体、魂そして精神という三者の、古来からなされている区分をも示唆することになるのである。スタンヂはその著作の中で「統一体に置ける多様性の、有機的原則を示唆する」と述べている[11]が、3という数に象徴的な意味合いをもたせるとすれば、呪文めいた5たす3は、文字どおり神秘を形成することになるといってよい。[12] たしかに5たす3によって生まれる8という数は、ギリシア人にとっては聖なる数であり、神秘的な数なのである。[13]

　数字の魔術によって、本詩の神秘性、幻想性を高める技法が、ここに容認されるとすれば、そして又、ここに象徴的、比喩的な解釈を施して本詩を読み解こうとする好意があるとすれば、その昔、この詩をこっぴどく酷評した批評家たちも謙虚に再読することができるだろう

第1部　テニスンの絶唱を読む

し、T．S．エリオットの如き新しい、好意的な、正しい読み方もおのずから可能になるというものだろう。文学作品の解釈の難しい所以であろうか。

5

ソング第3部へ移ろう。

III

 Father Hesper, Father Hesper, watch, watch, night and day,
 Lest the old wound of the world be healèd,
 The glory unsealèd,
 The golden apple stolen away,
 And the ancient secret revealèd.
 Look from west to east along:
 Father, old Himala weakens, Caucasus is bold and strong.
 Wandering waters unto wandering waters call;
 Let them clash together, foam and fall.
 Out of watchings, out of wiles,
 Comes the bliss of secret smiles.
 All things are not told to all.
 Half-round the mantling night is drawn,
 Purplefringèd with even and dawn.
 Hesper hateth Phosphor, evening hateth morn.

第4章 「ヘスペロスの娘たち」'The Hesperides'

父なるヘスパーよ、父なるヘスパーよ、夜も昼も見張っていてほしい。
世界の古い傷が癒されたり、
栄光が解き放たれたり、
黄金の林檎が盗み去られたり、
いにしえの秘密が暴露されたりすることのないように。
西の方から東の方まで見張ってほしい。
父よ、老いたヒマラヤは力弱り、コーカサスは雄々しく力強い。
あてなく落ちる滝の音は、あてなく落ちる滝の音に呼びかける。
滝水がほとばしり流れ、泡を作り、落下するにまかせよ。
見張りから、策略から、
秘やかなほほえみの至福は生まれる。
物事は万事、みんなに話されるわけではない。
万物をつつみこむ夜空が、半円状に迫り、
夕暮と黎明の光で紫のふちどりとなる。
宵の明星は明けの明星を憎み、夕べは朝（あした）を憎む。

　このスタンザも前のスタンザと同じく、父なるヘスパーに対して見張りを呼びかけ、懇願した内容となっている。
　老いたヒマラヤは力衰え、代ってコーカサスが力強く擡頭するさまを父に訴えるという、いかにも気宇壮大な発想であり、固有名詞のもつ雄渾なひびきを湛えた詩行となっている。次に続く滝水の描写は、テニスン特有の遠近の鮮やかな対照的視点に立つ、目前の微細な事象の描出となる。wandering という語を2回繰り返し、water, call などの長母音を連ねつつ、悠然とした情調を浮き上がらせ、音の多彩、

第1部　テニスンの絶唱を読む

変化の生む音楽性をも狙った魅力ある詩行といえよう。雄大なヒマラヤやコーカサスに言及する一方、一転して目前の微細緻密な滝水やその泡の描出は、初期特集の白眉といわれる「マリアナ」における銘記すべき遠近描写を想起させるものである。

> Out of watchings, out of wiles,
> Comes the bliss of secret smiles.
> All things are not told to all.

　寝ずの番、策略、秘やかな微笑といった語句と共に、「万事が万事、万人に語られるわけではない」という秘密めいた措辞が、この詩に漂う神秘性、暗示性をもりあげる。
　このような表現は、G. S. フェイバー（Faber）という人の影響を受けた発想といえる、とC. リックスはその名著の解題のところで示唆しているが、[14]いずれにしても効果的表現である。
　さて、このスタンザの最終行における Hesper と Phosphor, evening と morn の憎悪、対立はどのように解釈すればよいのだろうか。宵の明星も明けの明星も実は同一の星であり、時間的変化によって呼称が変わるだけであるし、evening と morning も結局同様のことがいえる。[15]しかし、敢てここで両者を截然と区別し、対蹠的に把えているのは、この詩の中で、西の国、東の国とを対立的に考えているパターンがあり、そのため宵の明星は西の国のもの、明けの明星は東の国のもの、夕べは西の国のもの、黎明は東の国のもの、というふうに対立のイメジャリーで両者を考えているからだといえよう。
　実際、東と西という考え方は、この詩人にとっては特別の意味合い

第4章 「ヘスペロスの娘たち」'The Hesperides'

を持っていたのである。この作品において東と西という種々の連想は、一種の象徴的な地理とでもいうべきものを作っており、これは本詩に見られる二元論の主流となっているようである。語源的にいってもこの娘たちは、前述のように西の国に属するものである。そして彼女らの庭は、この世界の不思議な西の端に位置しているのである。

G.R.スタンヂの論によれば、西の国というのは黄昏、休息、暖かみ、そして秘密の場所だということである。又、テニスンは西の国を海のイメージ、成長のイメージ、そして逆説的に、死のイメージと結びつけている、ともスタンヂは述べている。[16] 事実、こうした状態に対立するものとして、詩人は夜明けの国、大胆で強力で、しかも活動と闘争の満ちている国——換言すれば、この魔法の果実を盗もうと虎視眈々としている日常生活の世界——を考えているようである。

ここで想起されるのは、テニスンの初期詩の多くにおいて窺われる、テーマにおけるアンビヴァレンスである。例えば、西の国というのは、本質的には「安逸の人々」とか「海の妖精たち」などの作品に展開される国である。これらと連想される感情は、テニスンが生活の闘争を放棄しようとする、間断なき誘惑を表現したときはいつも喚起されているといえる。過去への隠遁とか失われた楽園を懐しみ想起するといった退嬰的な思考形式の中に、こうした作品の存在価値があるのである。そして、これと対立するものとして、テニスンの「ユリシーズ」の世界がある。積極果敢に勇猛邁進していく生き方の世界である。そして又詩人の持つべき社会的責任という問題である。これらはずっと永続的にこの詩人の大きな問題意識となり、詩のテーマともなっている。「芸術の王宮」などはその典型的な作品である。社会や世界の仕事に参画しようとする願望を積極的に表明している作品、そして一方、審

第1部　テニスンの絶唱を読む

美的な逃避、隠遁とか世間からの遊離、隔絶を恋い求める願望をテーマとした作品、こうした対蹠的なテーマの作品が初期詩集において、殊に秀逸なる作品に多くあるのである。青年詩人テニスンが芸術家としていかに生きていくべきか、いかに詩作すべきかといった問題に真摯に対処した心の軌跡としてのアンビヴァレンスは、例えば、本作品における東と西の対立という象徴的枠組の中に窺われるとみるのは読みすごしというものであろうか。

6

では最終スタンザのソング第4部に視点を移したい。

IV

Every flower and every fruit the redolent breath
Of this warm seawind ripeneth,
Arching the billow in his sleep;
But the landwind wandereth,
Broken by the highland-steep,
Two streams upon the violet deep:
For the western sun and the western star,
And the low west wind, breathing afar,
The end of day and beginning of night
Make the apple holy and bright;
Holy and bright, round and full, bright and blest,
Mellowed in a land of rest;

第4章 「ヘスペロスの娘たち」'The Hesperides'

Watch it warily day and night;
All good things are in the west.
Till midnoon the cool east light
Is shut out by the round of the tall hillbrow;
But when the fullfaced sunset yellowly
Stays on the flowering arch of the bough,
The luscious fruitage clustereth mellowly,
Goldenkernelled, goldencored,
Sunset-ripened above on the tree.
The world is wasted with fire and sword,
But the apple of gold hangs over the sea.
Five links, a golden chain, are we,
Hesper, the dragon, and sisters three,
Daughters three,
Bound about
All round about
The gnarlèd bole of the charmèd tree.
The golden apple, the golden apple, the hallowed fruit,
Guard it well, guard it warily,
Watch it warily,
Singing airily,
Standing about the charmèd root.

この暖かい海風の、かぐわしい息吹きは
どの花もどの果実も熟成させ、

第1部　テニスンの絶唱を読む

その眠りのうちにも波立たせ、たゆたたせる。
しかし陸地の風は、高地の急斜面に
さえぎられ、あてもなく漂う。
紫こむる幽谷には渓流2筋が走る。
西空の太陽や西空の星、
そして遠くまで吹き渡るやさしい西風に代って
1日の終わりと夜の始めは、
黄金の林檎を神聖に輝かしめる。
神聖に輝かしめ、丸やかに充実させ、明るく祝福されたものとする。
そして憩いの国にて熟成させる。
昼も夜も、心して見張れ。
すべてよいものは西の国にある。
正午まで、冷ややかな東の光は、
彎曲した山の端にさえぎられている。
しかしまん丸い落日の光が、花開く
弓形の大枝に、金色にたゆとう時
かぐわしい果実は熟れて、たわわに実り、
その仁(にん)も黄金色、その芯(しん)も黄金色となり、
樹に高く、落日の光をうけて熟れわたる。
世界は火災や戦禍で荒廃している。
しかし黄金の林檎は海の上に掛かっている。
我らは5つの輪の、黄金のくさりだ。
宵の明星、竜、そして3人の姉妹たち、
　3人の娘たち、

第4章 「ヘスペロスの娘たち」'The Hesperides'

つながれて、

ぐるぐると、

樹肌こぶだらけの、魔法の樹のまわりで。

黄金の林檎を、黄金の林檎を、聖なる果実を

心して守れ、用心して守れ、

用心して見張れ、

軽やかに歌いながら、

魔法の樹の根元に立って。

　一読して分かるように、第4部の前半は、総じて抒情味ゆたかな自然描写である。88行目の Two streams upon the violet deep というのは「紫けむる幽谷には渓流2筋が走る」と試訳してみたが、リックスの脚注によると、この行の upon the violet は、当初の草稿では into the purple になっていたそうである。[17] そうなると、この詩行は「青い海原には渓流2筋が注ぎ込む」というふうにでも解釈できようか。upon と into の違いは大きな意味の違いを作るようである。詩人は、どのようなイメージを想い浮かべて、こうした情況を描出したのであろうか。この deep は幽谷、海原いずれのイメージをもって用いられているのだろうか。

　後半（95行）から再び命令調の詩行となる。Watch it warily day and night というモチーフが現われる。これがいよいよ高まりを見せながら、最終行においては、第1部冒頭部の数行のリフレーンが効果的に繰り返されて、ソングとしてのフィナーレを美しく終えている。The golden apple, the golden apple, the hallowed fruit という、たたみかけるような3回の繰り返しも、一種の呪文的効果を生み出して

第1部　テニスンの絶唱を読む

いるし、暗示的、神秘的雰囲気の醸成に奏功しているように感じられる。Singing *airily* / Standing about the *charmèd* root（斜字体は筆者による）における斜字体語が、本詩の情調を最後まで幻想的、暗示的、神秘的に保持しているのに役立っていることも付言したい。

　前節でも述べたことだが、西の国と東の国との対立概念は、ここではもっと明確に述べられている。しかし、99行以下、103行までの描出は、いかにもテニスン的な筆致である。よきにしろ、あしきにしろ、テニスン特有の筆さばきが明らかである。殊に、fullfaced, Goldenkernelled, goldencored, sunset-ripened などの措辞は重々しく、むせかえるような情調である。しかし、詩的想像力にうらうちされたテニスンの月、花咲く梢、落日の光に照り映える果実の美しさといったような、陰翳の細やかな描出は、まさに初期詩におけるテニスンのテニスンたる筆致といえよう。flowering arch of the bough, luscious fruitage, clustereth mellowly などの語句は、ややもすれば言葉に酔いしれようとする若き日のテニスンの姿を彷彿とさせるものである。

　最後にもう1つ、シンボリカルな読み方を考えてみたい。この黄金の林檎なるものが、美しい音楽を歌い、正しい拍子を取って合唱され、そしてこうした芸術的営為によってドラゴンが惰眠をむさぼるのを防止することによって、その結果、注意深く守られることになるというのは、芸術家や詩人がその芸術活動とか創作活動を正しく、孜々営々として行なわなければ、その芸術的才幹や霊感が埋没し、衰微してしまうという1つのアレゴリカルな象徴とも解されはしないだろうか。

　実際、黄金の林檎の存在は、ヘスペロスの娘たちの魅力ある音楽あっての存在であるという考え、又、彼女たちも自分たちの生命力や歌の

第4章 「ヘスペロスの娘たち」 'The Hesperides'

源泉なるものを発見するのは、まさにこの黄金の林檎の木の根とその樹木においてであるという考え方は、芸術家とその芸術、その霊感などにおける関係を比喩化し、象徴化したものと受けとってよい。

　このような観点から、本詩を再読し、再評価してみると、神話の中にもろもろの象徴的意味合いを付加して本詩を創作したであろう若き日のテニスンの心象風景が、鮮やかに窺われ、偲ばれて、この詩を読む愉しみやその魅力も一層拡大されるように思われるのである。本詩に対して、白眉の絶唱とか一大傑作といった形容辞を付加することは、たとえ不可能としても、無視したり、詩人全集から削除したりする暴挙などが許されるような作品では決してない、ということを今更のように痛感するのである。

注

1. しかしテニスン全集の決定版ともいうべき『エヴァースリー版』(全8巻)の第1巻の付録として収録 (326-330頁) されたし、詩人の長男ハラム・テニスン編の『追想録』第1巻 (61-65頁) にも収録されている。ここには詩人が自分の『青春時代の作品集』からこの作品を除外したことを後悔している、と長男ハラムに語ったという注釈も付いている。
2. こうした序詩をもった詩には、初期特集では「海の妖精」とか「安逸の人々」などがある。いずれも本体として合唱があり、本詩のソングと形式が類似している。
3. *cf.* G. R. Stange, "Tennyson's Garden of Art: A Study of *The Hesperides*" in J. Killham, ed., *Critical Essays on the Poetry of Tennyson* (London: Routledge & Kegan Paul, 1960), p.110.
4. *cf.* J. D. Jump, ed., *Tennyson—The Critical Heritage* (London: Routledge & Kegan Paul, 1967), pp.75-78.
5. T. S. Eliot, *Essays Ancient and Modern* (New York: Harcourt, Brace, 1936), pp.176-78.
6. D. Bush, *Mythology and the Romantic Tradition in English*

第1部　テニスンの絶唱を読む

    Poetry (Cambridge, Mass.: Harvard University Press, 1937), pp.200-201.
7. C. Ricks, *The Poems of Tennyson* (London & Harlow: Longmans, 1969), p.423.
8. G. R. Stange, *op. cit.*, p.100.
9. *Idid.*, p.107.
10. 　5という数字は、又、人間の体になぞらえて、つまり「四肢プラス1」で「人体のイメージ」になるといわれている。5というのは、人間の愛などを含んだ複雑な世界を深層において構成する数ということになっている。感覚を5に分けるのは、その辺りのところからきているのである。
　　一方、キリスト教でも、ギリシア思想でも、割り切れない5という数の中にエロスが含まれているといわれている。そこに複雑な人間性があるとして、「五感」なるものにまとめているが、感覚というものは、実は、もっと多様なものではないか、という主張もある。現実には5つの数に仕立てられてしまっている「五感」は、ユングの思想の中にも、浸透しているようである。
　　又、ピタゴラス学派は、地水風火の四大元素には、エーテルと呼ばれる実体が浸透しており、これが活力と生命の基になると教えた。彼らにとって5は、第5元素つまりエーテルを象徴するものであるとされている。さらに、これが「均衡」とも呼ばれるのは、完全数10を2つに等分するからであるともいわれている。(マンリー・P. ホール著『神秘の博物誌』が中々示唆にとみ、参考になる。)
11. *Ibid.*, p.108-9.
12. 　因みに、ピタゴラス学派によると、3という数字は、本当の奇数の最初の数であるということである。われわれの考えでは、今日1という数字も奇数であるわけだが、彼らには1 (モナド) という数字は必ずしも数ではないと考えられている。さらに云えば、3という数字は、2と1から成り立っているから、3の象徴は三角形である。又この数は知恵と呼ばれている。なぜなら、人間は現在を運営し、未来を予見し、そして過去の経験から恩恵を受けるからである。さらに興味深いことに、3という数は、知識 ── 特に、音楽と幾何学と天文学 ── の数であるともいわれている。
13. 　つまり8はギリシアの「エレウシスの密議」及びカベイロイと関わり深い神秘性をもつものである。「小さな神聖」数と呼ばれているのもそのためである。このことは、ヘルメスの杖カドケウスにまつわりついた2匹の蛇からくるとも、又、天体の渦動からくるともいわれている。おそらく月の

100

第4章 「ヘスペロスの娘たち」'The Hesperides'

交点に由来するのだろうとも、いわれている。
14. C. Ricks, *op. cit.*, p.423.
15. 『イン・メモリアム』第121節では、宵の明星と暁の明星という異名はとるが実体は同一である、この美しい金星についての描出がある。ここでは詩人は、この星に愛の不滅性の象徴を見出している。金星という点に限ってみると、このイメージはたびたびこの挽歌に現われている。（セクション9、46、72、86、89、121など参照）尚、詳細は拙著『テニスンの詩想』（東京・桐原書店・刊、1992年）298-300頁参照。
16. G. R. Stange, *op, cit.*, p. 104.
17. C. Ricks, *op. cit.*, p. 428.

第5章 「ロックスレー・ホール」'Locksley Hall'

―― 自伝的要素の断章が奏でる青春譜 ――

はじめに

　'Locksley Hall' という作品は、まことに不思議な詩篇である。これほど批評家たちによって、毀誉褒貶を受ける作品も珍しい。詩人の若き日の、諸々の想いが処かまわず、書き散らかされているかのような印象を与える。甘い青春の恋の想いが、美しいカプレットの詩行で高らかに賛美されているかと思うと、一転して、人間不信の絶望の大波に翻弄されて、不平不満、そして愚痴の吐露に終始する詩行が続くのである。又社会に対する理想的、建設的な、高邁なる着想を述べるかと思うと、ノイローゼ気味に意気銷沈する、か弱い人間の弱音発言が展開される。そして、時代の拝金主義に対する皮肉も、英国帝国主義の勝利への言及も、文明開花の象徴としての汽船や鉄道への想い込みと、それに反発するかのような、未開の世界に対する憧憬が示される。そして詩人の前進主義、進歩主義をも、終結部になって鳴り響かす、といった内容の詩篇なのである。

　Ward Hellstrom というアメリカの学者は、'Locksley Hall' の主人公が、ときおり暴発するヒステリーは、Maud の主人公の狂気に繋がっているのではないかと示唆している。更に、この主人公を詩人が

第5章 「ロックスレー・ホール」'Locksley Hall'

取り扱うその方法についても、ガタガタでまとまりがなく、支離滅裂であるとも述べている。[1]

批評家たちによるコメントについても、好評の高みと不評の谷底との gap は、相当なものがある。しかし、テニスンの作品の一般的な通弊としてよくいわれるように、この作品も、その布置結構、つまり筋の流れ、プロットなるものは、たしかに自由奔放でありすぎるようで、悪くいえば W. Hellstrom の評するように、支離滅裂であるという印象を与えるのである。

考えてみれば、この作品は、詩人28、9才の頃の作品であり、青春時代の哀歓や懊悩がにじみ出ている。例えば、Rosa Baring との失恋による大きな心の悲傷の噴出、長男でありながら、遺産相続のできなかった詩人の父親の失意、そしてそれが一家に及ぼした暗い影、そして繊細な神経の持ち主の詩人、その人に与えた懊悩と苦衷などが、丁度 Maud という作品に及ぼした詩人の実人生における伝記的事実と重なり合ってこの 'Locksley Hall' という作品にも、ひしひしと感得されるのである。

しかし、この詩の本当の良きメリットなるものは、人々に愛誦されてやまない、春になっての森羅万象の生き生きとした活写、「愛」なるものを 'the glass of Time' や 'the harp of Life' などと連関させて讃えた格言的な詩行、理想的な社会に対する願望を底に秘めて 'Cursèd be...' という始まりの4行続く、すばらしい間奏曲的な断章など、まことにテニスンの独壇場ともいうべき詩行の展開であろう。

では以下、節を改めて、この詩篇のさまざまな特徴について論じてみたい。

第1部 テニスンの絶唱を読む

1

　この詩篇は、テニスンにあっては、珍しい詩形から構成されている。強弱8詩脚という長々とした押韻2行連句が、97スタンザあり、総詩行194行である。テニスンのどの詩集を見ても、'Locksley Hall' という詩篇は、とりわけ小さい活字で印刷されて、いずれも読みづらい印象を与えているが、1行が8詩脚から成っている故、どうしても、こういう体裁にならざるをえないのである。Longman 刊の『テニスン詩集』も、脚注の活字よりも、更に小さい活字を用いて、本文を掲載しているのが実情である。

　テニスンが、このような詩形を用いた理由として Memoir[2] では、親友 Hallam の父親で、著名な歴史家の Henry Hallam が、「イギリス人はこの韻律の詩形が好きなのです」と詩人に語ったためと誌されている。

　しかし J. F. A. Pyre は、その名著[3]で、この詩形の厳密な韻律は、テニスンの創案になるものであると述べている。Memoir (I, 195) にも誌されているのだが、この詩の創作の契機は、テニスンが William Jones という人の散文の翻訳を読んだためということである。それは、マホメットが生まれる以前のアラビア詩人たちが創作した7篇のアラビア詩であり、メッカ寺院に飾られている Moâllakát という作品の翻訳である。特に詩人は、その中の Amriolkais という題の詩篇の散文訳に影響を受けている。

　サマスビーの父親の書斎には、この Moâllakát という1冊があり、テニスンが初期詩集 Poems by Two Brothers を書く際に、この本について既に、参考にしていたものである。この Amriolkais という作

第5章 「ロックスレー・ホール」'Locksley Hall'

品は1人の詩人が、自分の今は亡き恋人との愛を悼むため、その恋人の住んでいた、今は侘しいテントの傍に佇む姿を、うたったものである。テニスンが、自分の青春時代の失恋の苦衷を、こうしたアラビアの詩篇の片鱗の中に見出したのも、頷かれることである。

　'Locksley Hall' の全体を通じて現れる風景は、テニスンの故郷 Lincolnshire の海岸である。しかし Locksley Hall そのもののモデルはなく、想像上の館であるし、主人公も特定の人物を想定しているのではないと、詩人自ら *Memoir* (I,195) で述べているが、詩人の孫にあたる Charles Tennyson は、その著 *Alfred Tennyson* の中で、「'Locksley Hall' や、後年刊行された 'Locksley Hall Sixty Years After' なる作品又 *Maud* といった作品の主人公は、詩人の兄の Frederick Tennyson に少なからず似ている」又「この詩は、大半が詩人の祖父が1835年亡くなった後に、書かれた」とのことである。[4]

　主人公が利己的にわめき散らしたり、金切り声を立てて主張する箇所が出てくるが、このような点が、批判の的となるのは当然である。ここの主人公は、*Maud* の主人公とよく似た所がある。又テニスンの詩作によく出てくる、いとこ同志の恋愛物語も、この作品には顕在している。'The Brook', 'Aylmer's Field', 'Lady Clare' に見られる要素である。

　Charles Kingsley も指摘している[5]ように、この詩の主人公の不健全な性格や人となりは、当時の若者にすこぶる影響を与えたのである。ヴィクトリア朝の人々が求めていた前進主義、進歩主義という、楽観的な考え方と、本詩に投影された「進歩」主義の楽観的考え方とが、うまく融合して、一層この作品を人気あるものにさせたということも出来る。非常に引用される機会の多い作品でもあり、アンソロジー

第1部　テニスンの絶唱を読む

には、必出の詩篇といってよい。思想や表現における影響だけでなく、韻律面でも、多くの詩人たちに影響を与えたが、イギリスでは、特にサッカレー、ブラウニング夫妻、スウィンバーン、そしてアメリカでは、ポー、ロングフェロー、そしてローエルなどに感化を与えたといわれている。[6]

2

　では、本詩における主要な注目すべき詩行を引用しつつ、その表現、詩想などを中心に考察と鑑賞を試みる。
　詩の冒頭部分は、Locksley Hall のたたずまいの描出がある。

'Tis the place, and all around it, as of old, the curlews call,
Dreary gleams about the moorland flying over Locksley Hall;

Locksley Hall, that in the distance overlooks the sandy tracts,
And the hollow ocean-ridges roaring into cataracts.

(3-6)

　まさしくこの土地にこそ、そしてこの周辺にこそ、昔通りにダイシャクシギが鳴いているのだ。
　荒地に漂う侘しい微光が、今ロックスレーホールの上を翔んで行く。

　ロックスレーホールは　はるか彼方に　砂地を見下ろし、
　うつろに響く大海の大波は、しぶきとなって　轟きわたる。

第5章 「ロックスレー・ホール」'Locksley Hall'

　ここには、ダイシャクシギが、昔と同じ様に鳴いており、侘しい微光が、空を渡ってゆき、はるかかなたには、砂浜が広がり、潮騒の音が、虚ろに響き、飛沫となって轟き渡るさまが展開される。テニスンお好みの「鳥」と「海」の描出が出てくるのである。

　続いて、その昔ここに佇って、幾夜も幾夜も、就寝前にOrionの星を、いつまでもずっと見つめていたり、又、プレアデス星団が、銀モール状にからみ合う蛍の群のように光っているのを、柔美の色合の夜空に見つめて過ごした一刻を回想している。Orion星の描出は、 *Maud* (101) にも効果的に展開され、印象を引くものである。(*cf.* The shining daffodil dead, and Orion low in his grave.) そして、この館の近くの海辺をさまよい、青春の日の夢を、大いに飛翔させたくだりが出てくる。

　　Here about the beach I wandered, nourishing a youth sublime
　　With the fairy tales of science, and the long result of Time;

　　When the centuries behind me like a fruitful land reposed;
　　When I clung to all the present for the promise that it closed:

　　When I dipt into the future far as human eye could see;
　　Saw the Vision of the world, and all the wonder that would be.
　　　　　　　　　　　　　　　　　　　　　(11－16)

　　僕はこの海辺を　さまよい歩き、崇高な青春の想いに、
　　不思議な新境地を開拓する科学なるものに、青春の夢を育て、成

第1部　テニスンの絶唱を読む

　　　長させた。

　　その時　わが背後に横たわる数百年が、実り多き国の如く　横たわり、
　「現在」が閉じこめる約束を希求して、「現在」に　しっかり僕は
　　　固執するのだった。

　　又　人間の眼の及ぶ限り、はるかな未来に僕は　潜りこみ、
　　世界の理想を見、また将来の驚異を　すべて見るのだった。

　ヴィクトリア朝時代のめざましい諸科学の進歩・発展を 'the fairy tales of science' と述べているが、この表現には、テニスンが科学の日進月歩を期待し、不思議なほどの力を夢見ていた心の情況が窺える。fairy tales というのは、一種不可思議な魔力を有するのである。これら科学の新しい境地を開拓する夢のような進歩や、過去の「時」という時代が、刻んできた悠久の結果などに、青春時代の崇高な想いを馳せながら、海辺を散策する主人公の姿が描かれている。そして過去、現在、そして、未来へと大きく展望を展開する。最後に、'Saw the Vision of the world, and all the wonder that would be.──' という高らかな賛歌となる。本詩の冒頭部における、味読すべき高らかな 'paean' といえよう。
　この詩篇中でも、特に、美しい春の生き生きとした描写が続いて現れる。森羅万象の躍動の活写である。'In the Spring...' で始まる流れるような詩行は、確かに、駒鳥の胸のあざやかな朱色の如き存在であろう。

第5章 「ロックスレー・ホール」'Locksley Hall'

In the Spring a fuller crimson comes upon the robin's breast;
In the Spring the wanton lapwing gets himself another crest;

In the Spring a livelier iris changes on the burnished dove;
In the Spring a young man's fancy lightly turns to thoughts of love.

(17-20)

春になって　コマドリの胸には、いっそう鮮やかな朱色が現われ、
春になって　奔放な　タゲリには、又新しく冠毛が生えてくる。

春になって　光沢のある鳩には、眼の虹彩に活き活きと変化が生じる。
春になって　若者の空想は、軽やかに恋の想いへと変化する。

駒鳥、タゲリ、そして鳩といった愛すべき小鳥の鮮やかな生態が描出された後に、青春時代の若者にも又、恋の想いが点火されるというのである。最後の1行 'a young man's fancy lightly turns to thoughts of love' における fancy, lightly などの措辞は、春の明るさと生新さを示唆して妙である。

しかし、このあたりから本篇の筋は、主人公といとこの Amy との対話へと展開する。Amy は、いとこにあたる主人公を愛していたのであるが、一時はそれが明言できず、ずっとその感情を押し殺していたという。しかし、第30行にあるように、'I have loved thee long' と泣いて告白するのである。このような愛の高まりの箇所に、本篇きっ

第1部　テニスンの絶唱を読む

ての名断章が展開される。

> Love took up the glass of Time, and turned it in his glowing hands;
> Every moment, lightly shaken, ran itself in golden sands.
>
> Love took up the harp of Life, and smote on all the chords with might;
> Smote the chord of Self, that, trembling, passed in music out of sight.
>
> (31−34)

「愛」は「時」というグラスを取り上げ、その照り輝く両手の中で　それを回した。
回す度毎に　軽く揺さぶられて、そのグラスは　黄金色(こがねいろ)の砂粒に見紛うのであった。

「愛」は「いのち」の竪琴を取り上げ、力をこめて絃のすべてをかき鳴らした。
「自己」の絃も　かき鳴らした。すると震えながら、それは調べとなって　視界から消えた。

ここで、繰り広げられる 'the glass of Time' とか 'the harp of Life' などの metaphors は実に効果的である。色調鮮やかな 'glowing hands' や 'golden sands' などの語句は、その効果に一層

第5章 「ロックスレー・ホール」'Locksley Hall'

の拍車をかける。又 'lightly shaken' とか 'trembling' といった分詞構文の用い方が絶妙な趣をかもし出し、これら4行は、まさに格言的な魅力と迫力を有しているといえる。尚、これについては比喩表現の項目のところで詳細に述べている。

　結局は悲恋に終る2人の愛も、当初は 'the fulness of the Spring' (36) を覚えたり、'our spirits rushed together at the touching of the lips' (38) というふうに、情熱の虜に生命を燃やした時もあった。たのしいデートの回想シーンが、前述の愛の断章に続いて、その余韻を奏でているのである。しかしAmyの親の反対にあって、2人の恋は不首尾に終ることとなり、39行あたりから、ほとんど最終行に至るまで、negative moodにうらづけされた内容の展開となってしまうのである。

　金持ち娘が家族の反対を受けて、愛の展開にひびが入るという物語は、テニスンの作品の中でも少なくない。例えば、この作品の他に *Maud* をはじめ、'Edwin Morris', 'Pelleas and Etarre', 'Aylmer's Field' などが存在する。こうしたテーマは、19世紀英文学では、ありふれたものであるが、テニスンが同じ題材を扱い続けたことで、恋人たちの恋物語と悲恋の結末が注目すべき特色を残していると云えようか。恋人Amyが主人公を裏切ったことになる筋の展開は、'O my cousin, shallow-hearted! O my Amy, mine no more!' という1行から開始される。それ以降は、'dreary' (40) 'barren' (40) 'Falser' (41) 'puppet' (42) 'servile' (42) 'coarse' (46) 'clay' (46) 'clown' (47) 'grossness' (48) などといった 'negative' な語が、鋭い語感を響かせて続いていく。そして57-58行に至っては、互いの腕の中に抱き合い、最後の抱擁で、無言のまま横たわるという「死の em-

第1部　テニスンの絶唱を読む

brace」をさえ希求するに至るのである。まことに儚い願望の吐露である。

これより一転して詩筆の矛先は、社会批判に向けられる。いずれの冒頭も 'Cursèd be...' で始まる迫力のある詩行が4行続く。

> Cursèd be the social wants that sin against the strength of youth!
> Cursèd be the social lies that warp us from the living truth!
>
> Cursèd be the sickly forms that err from honest Nature's rule!
> Cursèd be the gold that gilds the straitened forehead of the fool!
>
> (59−62)

青春の力に　水をさすような社会の欠乏など、呪われてあれ！
活き活きとした真理から、我々を反らすような社会の嘘など、呪われてあれ！

粛然たる「大自然」の掟を　踏みはずす病的な形態など、呪われてあれ！
馬鹿者の狭隘(きょうあい)な額を金ピカにさせる黄金など、呪われてあれ！

批判されているのは 'social wants', 'social lies', 'sickly forms', 'the gold' 等であり、テニスンの持論が展開されているのが判る。殊に、62行の 'Cursèd be the gold that gilds the straitened forehead

112

第5章 「ロックスレー・ホール」'Locksley Hall'

of the fool!' という表白は、拝金主義に赴く当時の浅はかな連中を、鋭く揶揄している1行である。この詩篇全体としては、これら4行は、すばらしい間奏曲の役目を果たしている感がする。

　本篇もほぼ中央に至り、第81行より a hand (81), a song (84), an eye (85), a voice (87) といったように不定冠詞をいただく名詞が現れ始める。ここより主人公のノイローゼ気味の描出が展開される。A. W. Thomson も 85-96 行を引用しながら、主人公の異常さを力説してやまない。[7] 確かに、主人公に見切りをつけて、金持ちと結婚した昔の恋人 Amy の産んだ赤ん坊に対してすら、主人公は、ヒステリックな嫉妬心を示す。その幼な児に対してさえ、そういう情況であるから当の Amy に対しても、又その夫に対しても、はしたなくなじり続ける姿が展開される。

　こうした罵倒は、未来にまで及び、偽善的地主となっていく Amy やその犠牲となっていく娘から、主人公は眼を離そうとしない。主人公の疑惑は疑惑を呼び、その疑惑は見事なまでに、芸術性を帯び、作品の中で急速に転回し、広がっていく。この作品の異常性を指摘する人々は、概してこうした主人公の意識や感情の落差、乃至振幅の大きさに瞠目しての評言と云ってよい。

　以下この他、注目をひく詩行を拾い上げてみる。第134行 'Science moves, but slowly slowly, creeping on from point to point.' ヴィクトリア時代における諸科学の進歩は、めざましいものがあるが、しかし、1つ1つ見てみると、それもやはり時間をかけ、研究の歳月を経ての進歩であるという、テニスンの根本的な考えを巧みに表現したところである。

第1部　テニスンの絶唱を読む

> Knowledge comes, but wisdom lingers, and I linger on the shore,
> And the individual withers, and the world is more and more.
>
> Knowledge comes, but wisdom lingers, and he bears a laden breast,
> Full of sad experience, moving toward the stillness of his rest.
> 　　　　　　　　　　　　　　　　　　　　(141－144)

　知識はやってくるが、英知はぐずぐずする。僕は岸辺でぶらつく。
個人は衰微していくが、世界は段々大きく豊かになる。

　知識はやってくるが、英知はぐずぐずする。彼は胸の重責に耐えている。
悲しい経験に満ち、己が休息のもたらす静寂に向かって動くのだ。

　知識なるものは、やって来てくれるが、英知というものは、人間が希求しても、おいそれと、入手出来るものではないという意味と解釈できる。いかにも、それぞれの本質を把握し、格言的な口調で、うまく描出していると云える。
　ただ続いて出てくる男女比較論であるが、このカプレットは、中々理解し難い。が、それでいて含蓄のある詩行と云える。殊に比喩表現の解釈が問題である。

第5章 「ロックスレー・ホール」 'Locksley Hall'

> Woman is the lesser man, and all thy passions, matched with mine,
> Are as moonlight unto sunlight, and as water unto wine —
> (151 − 152)

> 女なるものは 小さき存在であり、そなたの一切の情熱は我が情熱と結ばれ、
> さながら陽の光に対する月の光であり、酒に対する水の如しである。

太陽の光に対する月の光、酒に対する水、といった存在は、一体どんなものであろうか。女性は小さき男性である、と述べているのは、男女の比較論としても、'all thy passions, *matched* with mine' というのは、どういう意味のつもりだろうか。含蓄のある多義性を誘発するような詩行といえる。これらについては、後の「比喩」の項目のところで詳しく述べることとし、ここでは問題提起をしておくだけにとどめる。次に、テニスンの愛用語やお気に入りのイメージ群で裏づけられた描出が現れる。woodland, crag, heavy-blossomed bower, heavy-fruited tree, dark-purple spheres of sea などである。

> Slides the bird o'er lustrous woodland, swings the trailer from the crag;
>
> Droops the heavy-blossomed bower, hangs the heavy-fruited tree —

第1部　テニスンの絶唱を読む

Summer isles of Eden lying in dark-purple spheres of sea.

(162−164)

光沢のある森林の上を　鳥は飛び交い、つる草は岩場に揺れている。

重々しそうな花に囲まれた四阿(あずまや)は静もり、べったり果実のついた樹は枝を垂れ、
夏の日のエデンの島は、濃い紫の海面に横たわっている。

　ここには、森あり、岩棚あり、そして広々とした海が描出される。テニスンのお得意の情景といってよい。
　続いて、文明社会や文明の利器とでもいうべき汽船や鉄道や、諸々の思想の享受よりも、未開社会の素朴な牧歌調に憧憬を示している詩行が展開する。主人公は、ここで未開人の女性と結ばれ、子孫をもうけたいとも念じるのである。それが dream であり fancy であり、斯くいう己れの言葉が 'wild' であることをも知ってのことである。
　そして最終部分では、Locksley Hall に雷が、たとえ落ちようともそして雨、霰、火、雪と共に、自然現象の猛攻に遭おうとも、別に構うことはない。主人公は、いよいよ自分の出発の刻だと断言する。しかし185行以下の 'Mother-Age' に救いを求める詩行では、言葉は大げさで高邁の響きはあるが、内容が何となく空回りをしている憾みを感じるのも事実である。

Mother-Age (for mine I knew not) help me as when life begun:

第5章 「ロックスレー・ホール」'Locksley Hall'

Rift the hills, and roll the waters, flash the lightnings, weigh the Sun.

O, I see the crescent promise of my spirit hath not set.
Ancient founts of inspiration well through all my fancy yet.

Howsoever these things be, a long farewell to Locksley Hall!
(185-189)

母の時代よ（何故なら僕の時代は知らないから）、生命の始まった時と同様　僕を助け給え。
山々は裂かれ、滔々と水は流れ、雷電が煌めき、太陽が圧倒されようと。

ああ、僕の魂の　次第に増大する約束が、まだ結実していないのが判るのだ。
昔からの霊感の泉は　依然として僕の想いの中に湧き出ているのだ。

こういうものが　どんなものであれ、ロックスレーホールとは長の別れなのだ。

以上、本篇における注目すべき主要表現を取り上げてきたが、これらを通じて、若き日のこの詩人のいろいろな特質が、詩想面でも、技法面でも、又自伝的な視点からも、興味深く窺うことが出来たわけで

第1部　テニスンの絶唱を読む

ある。では次に、節を改めて自伝的視点を掘り下げて、特に Rosa Baring と若き日の詩人との関係という視点にスポットを当てて、彼女が本詩篇にどのような影響を及ぼしたか究明したいと思う。

3

1949年、詩人の孫にあたる Sir Charles Tennyson が出版した *Alfred Tennyson* という伝記本には、詩人と Rosa Baring の関係について述べられており、相愛の若者が女性の両親の反対によって、交際そして結婚を断念させられたのだろうと触れている。[8] 更に、1954年に出版した *Six Tennyson Essays* の中でも、この2人の関係について究明し、当初考えられていたよりも一層深刻な打撃を、この失恋は詩人に与えたのだと述べている。そして、'Locksley Hall' や 'Locksley Hall Sixty Years After' などの作品は、その frustration の昇華であると思って読むようになった、と云っている。[9]

事実、'Locksley Hall' という作品を読んでみると、主人公と Amy の関係が丁度、実人生における詩人と Rosa の関係を興味深く反映していると思われる箇所が少なくなく、詩人がこの作品に当時の自己の心境を感慨込めて、詩的に結実させていることが判るのである。

Rosa Baring という女性は、著名な豪商の家に生まれている。祖父は東インド会社の会長という大金持ちであった。所謂 Baring 財閥の創始者であった。テニスンと Rosa は、1827年、詩人が Cambridge に入学する以前に、既に2年間の交際があった。Cambridge 大に入ってからは休暇の時だけ、会っていたといわれている。しかし、1831年詩人の父が死去してからは、詩人は学位も取らず、Cambridge を

第5章 「ロックスレー・ホール」'Locksley Hall'

中退し、Somersby の方へ帰ってしまうのである。Rosa は、正式の名前は Charlotte-Rose Baring であるが、普通 Rosa と呼ばれていた。大変な美貌の持ち主であった。

　この Rosa が、テニスンと結ばれることなく、別の男性と結婚してしまうところに、詩人の大きい悲傷と落胆があったのである。そうした苦悶や懊悩を経て、'Locksley Hall' や Maud という作品は、それぞれの深い翳りや味わいを、付加されることになるのである。

　その相手とは、Robert Duncombe Shafto という人物である。裕福な旧家 Durham 家の生まれであり、Rosa の家とは、まさしく似合いの家柄であった。失意落胆の詩人をよそ目に、Rosa と Robert との結婚式は、1838 年 10 月 22 日に行なわれたのである。

　ちなみに、詩人がこの Rosa に対して作った作品、あるいは彼女に関連していると思われる作品には、以下のようなものがある。

1）'To Rosa'
2）'The Gardener's Daughter'
3）'The Rosebud'
4）'Roses on the Terrace'

そして、大作 Maud や、本論の主題 'Locksley Hall' そして、後年の 'Locksley Hall Sixty Years After' などには、殊のほか、その影響が色濃く窺われるのである。

　'Locksley Hall' と Maud については、出版当初より今日に至るまで自伝的な作品だと、ずっと云われてきたが、例えば、1847 年 George Gilfillan は 'L. H. is a tale of unfortunate passion with a gusto and depth of feeling, which (unless we misconstrue the mark of the branding iron) betray more than a fictitious interest in the

第1部　テニスンの絶唱を読む

theme.' と述べている。[10]

　勿論、当の詩人は、この作品が決して biographical な作品では絶対にないと断言している。Memoir（II,331）にもそのことについて触れているのが分かる。しかし Sir Charles の発言に影響されてか、近年になって、例えば Douglas Bush の『テニスン詩選』の序文や H.M.McLuhan の『テニスン選集』の序文にも、前述の2作品は、テニスンの青年期における実人生、又テニスンの父親と叔父の家との確執などについて、部分的ながらも、詩的に叙述したものであると Rader は注釈をつけている。[11]

　考えてみれば、両詩における主人公は、いずれも、ひどく神経質であるし、理想主義的な志向をもった青年であり、ややもすれば、狂気に陥り易い性格である。しかも、そうした青年が財産家の美しい女性にひかれ、ひたむきな愛を捧げようとするのだが、その一途な愛は、親の俗物的な反対によって、挫折してしまうという内容が展開される。テニスンは、このような筋の詩を幾度も作っている。先にも触れたように、例えば 'Edwin Morris'、'Pelleas and Ettarre'、'Aylmer's Field' などである。

　'Locksley Hall' が作られた時期は、1837～38年と考えられているがこの時期は、詩人が Rosa Baring との恋愛関係にあった時期である。1837年11月、サマスビーを去る直前 Rosa が Shafto と婚約したという知らせを聞いた時の詩人の落胆と嫉妬の波は、想像するにかたくない。この引き裂かれた個人的体験は、当時叔父の家族との大きな確執というダブルパンチによって、救い難いほどのインパクトを詩人の心に与えたにちがいない。

　この作品の中で展開される、主人公の心の振幅は、気紛れな娘、そ

第5章 「ロックスレー・ホール」'Locksley Hall'

して館、又うるさい叔父といった好ましからざる存在物から解放されたいという切なる願望に裏打ちされているが、そのような願望は、テニスン自身の実人生における、消し難き切なる願望そのものだったと思えるのである。

　'Locksley Hall' の主人公は、最後には過去との明白な断絶を誓い、希望に満ちた充実した未来へと、飛翔しようという決意を述べるわけだが、1838年の詩人その人にとっても、本詩は精神的な転換点を誌す作品である。本詩が詩人自身の実人生の情況と一致している点が少なくないという意味では、明らかに伝記的意義に富んだ作品と云ってよい。

　本詩の中で、Amy が地主と結ばれるのは、社会的、経済的な理由によって親たちが仕組んだ、所謂 'arranged marriage' であったが、現実の Rosa が詩人と別れて大金持ちの Shafto と結ばれたのも、本人同士がそう望んだものではなくて、Rosa の親たちが経済的に、しかも家系上の諸事情を考慮して強引に結婚へと推し進めたのである。

　このような親たちによる世俗的な強引さは、詩の中で次のように非難されているのが印象に残る。

> Cursèd be the social wants that sin against the strength of youth!
> Cursèd be the social lies that warp us from the living truth!
>
> Cursèd be the sickly forms that err from honest Nature's rule!
> Cursèd be the gold that gilds the straitened forehead of the fool!

第1部　テニスンの絶唱を読む

(59-62)

青春の力に　水をさすような社会の欠乏など、呪われてあれ！
活き活きとした真理から　我々を反らすような社会の嘘など、呪われてあれ！

粛然たる「大自然」の掟を　踏みはずす病的な形態など、呪われてあれ！
馬鹿者の狭隘(きょうあい)な額を　金ピカにさせる黄金など、呪われてあれ！

又、

Every door is barred with gold, and opens but to golden keys.
Every gate is thronged with suitors, all the markets overflow.

(100-101)

扉という扉は　黄金で閉じられ、ただ黄金の鍵のみに開かれている。
門という門には　求婚者たちが群がっている。市場もすべて溢れている。

更に、詩人がRosaの心がわりに対して、どのように感じていたかも、次の6行を読むと手にとるように明白である。

O my cousin, shallow-hearted! O my Amy, mine no more!
O the dreary, dreary moorland! O the barren, barren shore!

第5章 「ロックスレー・ホール」 'Locksley Hall'

Falser than all fancy fathoms, falser than all songs have sung,
Puppet to a father's threat, and servile to a shrewish tongue!

Is it well to wish thee happy?—having known me—to decline
On a range of lower feelings and a narrower heart than mine!
(39−44)

　ああ　浅はかな　いとこよ、ああ　エイミーよ、もう僕のものではない！
　ああ　侘しい侘しい沼地よ、ああ　不毛の不毛の岸辺よ！

　その偽りは　どんな空想の赴くところより大きく、あらゆる歌にうたわれてきたものより　大きいのだ。
　父親の脅しに操り人形となり果て、がみがみ声に屈従しているのだ。

　そなたに　しあわせになって欲しいと希うのは　いいことだろうか、僕のことを承知の上で。
　僕よりも　下劣な感情　そして狭隘な心根しか持たぬ男に　傾くなどとは！

　又、Amyが結ばれた地主なる人物に対しては、Rosaの相手である、Duncombe Shafto という実像を通して、次のような激しい感情の吐露が見られる。

123

第1部　テニスンの絶唱を読む

As the husband is, the wife is: thou art mated with a clown,
And the grossness of his nature will have weight to drag thee down.

He will hold thee, when his passion shall have spent its novel force,
Something better than his dog, a little dearer than his horse.

What is this? his eyes are heavy: think not they are glazed with wine.
Go to him: it is thy duty: kiss him: take his hand in thine.
(47－52)

およそ夫の姿は　その妻に反映するのだ。　そなたは　ぶこつ者と結ばれたのだ。
奴の粗雑な人となりは　そなたを　引きずり落とす力を持っているのだ。

奴はそなたを　かき抱き、その激情は異常な力を使い果たしてしまうことだろうよ。
奴にしてみれば　そなたは　奴の犬よりも　ましであろうし、奴の馬よりはまだちっとは　いとおしいものだろうさ。

これはどうしたことだ。奴の眼は重く沈んでいる。酒でどんよりしているなどとは　思わないでくれ。

第5章 「ロックスレー・ホール」'Locksley Hall'

奴のところへ行ってやれ、そなたの務めじゃないか。接吻してやるのだ。奴の手を握ってやれ。

　当時の若き詩人の思いのたけが詩作を通じて、赤裸々に開陳されていると読み取れるのである。もっとも現実には、このShaftoという人物は田舎者でも、飲んだくれでもなかった事が知られている。勿論世俗的な人間で、カルタ遊びとか狩りに熱心であったらしいが、純粋で高潔な志をもった詩人の目には、とりわけ恋人を奪った忌わしき、憎き男であるだけに、なりふりかまわず罵詈雑言を浴びせかけた態となっているようである。

　50年も後になって、詩人は'Locksley Hall Sixty Years After'の中で'Worthier soul was he than I am, sound and honest, rustic Squire, Kindly landlord, boon companion — youthful jealousy is a liar.'と書いており、若き日の激しい嫉妬心で判断を誤った事を後悔している。実際Shaftoという人物は、大地主で国会議員をした人であり、rusticではなかった。しかし全般的には、主人公の描写と極めて類似していると云えるようである。

　以上のように、この作品の詩行に即して、その背景に窺われる詩人の実人生の諸事実を思い浮かべてみると、いかにも伝記的色彩の色濃い作品であるとしみじみ思わされるのである。

4

　本節では、'Locksley Hall'における比喩表現について述べることにする。比喩表現には、直喩表現、隠喩表現、あるいは擬人法などが

第1部　テニスンの絶唱を読む

考えられるが、この詩篇には、そのような比喩的表現で詩的情趣を高揚したり、表現効果を強化している詩行がかなり見られる。それらを取り上げて、この詩人の詩的技法と詩心のありようを究明したい。

直喩表現

  Many a night I saw the Pleiads, rising through the mellow
   shade,
  Glitter like a swarm of fire-flies tangled in a silver braid.
                (9-10)
  幾夜も幾夜も、あのプレアデス星団が、柔美な色合の大空を
   さながら　銀モール状に絡み合う　蛍の群れの如く、光るのも
   見たのだった。

主人公が恋人 Amy と、幾夜となく、柔美な色彩にほのひかる夜空を見上げながら、プレアデス星団が、まるで銀モール状に、からみ合う蛍の群れのように光るのを見たという情景である。Leonèe Ormond もその論考[12]で述べているように、テニスンの作品では星座、星、惑星などの描出がよく出る。ここにも、春の宵の夜空が美しく迫力をもって描かれている。尚、この2行については、Moâllakát からのヒントによるものと云われている。Ricks 版の脚注には 'It was the hour, when the Pleiads appeared in the firmament, like the folds of a silken sash variously decked with gems.' とある。[13]

この詩行においては又特に、swarm, *f*ire-*f*lies, silver 等の語の alliteration も見逃せない。又デリケートな色彩感覚は 'the mellow

第5章 「ロックスレー・ホール」'Locksley Hall'

shade' という措辞にもよく窺われる。この 'mellow' は *OED* によると 'Of sound, colour, light, etc.: Rich and soft; full and pure with harshness.' とあり、この詩行が引用例となっている。

> On her pallid cheek and forehead came a colour and a light,
> As I have seen the rosy red flushing in the northern night.
> (25−26)

> すると　エイミーの青ざめた頬や額に、血の色と明るさが返ってきた。
> それはさながら　北国の夜に、バラ色の赤い閃光を眺めたさまに似ていた。

それまで真っ青に蒼ざめていた恋人 Amy の顔に、明るい色と光が戻って来たさまを鮮やかな比喩で描いたものである。Ricks もその脚注[14]で指摘しているが、Rader はその研究書で、テニスンの初恋の人 Rosa の頬の紅潮について特に言及している。この部分は、まさしくその追憶の描出であろう。テニスンは後年、この世を去る数年前に Rosa については 'The Roses on the Terrace' という作品で、若き日の追憶を再び甦らすように作詩している。豊満で、肉感的な美しさを誇る Rosa の 'colour' や 'light' は、確かに 'northern night' に煌めく 'rosy red flushing' の迫力を彷彿とさせたのであろう。

> Never, though my mortal summers to such length of years should come

127

第１部　テニスンの絶唱を読む

　　As the many-wintered crow that leads the clanging rookery
　　　　home.

(67－68)

　　決して出来ないことだ。たとえ僕のこの世の春秋が、ガアガア鳴
　　　　きわめくカラスの群れを
　　家路へと導く　老将のカラスのような　長い長い歳月に達すると
　　　　しても、だ。

「よしんば、どんなに長生きしても、絶対にそんな事は、僕には出来ない」という、強い拒否の姿勢を示す箇所に用いられたものである。'the many-wintered crow' というのは Ricks の注[15]でも示されているように Shakespeare の 'The Phoenix and the Turtle' という作品の 'treble-dated Crow' を連想させるものである。従ってここでは 'crow living three lifetime' という意味のこの表現から判断しうるように、「長生きして幾春秋を生き延びているカラス」という意味である。「僕のこの現世における歳月が、そのような長寿のカラスの歳月に達しようとも」という比喩表現であるが、先人の詩人 Shakespeare や Horace の Ode (III xvii 13) にその根拠を置いた措辞であることが理解される。しかし、my mortal *summers* とか many-*wintered* crow という季語を含む表現は、いかにもテニスン的な味のある措辞と云えようか。

　　Yearning for the large excitement that the coming years would
　　　　yield,

128

第5章 「ロックスレー・ホール」'Locksley Hall'

Eager-hearted as a boy when first he leaves his father's field,

And at night along the dusky highway near and nearer drawn,
Sees in heaven the light of London flaring like a dreary dawn;
(111-114)

未来の歳月がもたらすであろう　大きな心の高ぶりに　憧れつつ、父の畑を初めて出て行く日の　少年の心の如く、情熱に燃えていた。

その少年は、夜になると　暗い大通りを　だんだんと進んで行き、天空に　ロンドンの灯が、さながら　侘しい夜明けのように　揺らめくのを見るのだった。

少年の日の想い出をnostalgicに描出した美しい比喩表現である。情熱に燃えて父の畑を初めて出て行く、夢に満ちた少年の憧憬と不安と期待感が表白されている。後に続く2行に現れる、頭韻をふんだんに用いた措辞は見事である。'*d*usky *h*ighway *n*ear and *n*earer *d*rawn, Sees in *h*eaven the *l*ight of *L*ondon f*l*aring *l*ike a *d*reary *d*awn;'
　このようなnostalgicな表現はテニスンが『イン・メモリアム』の中でうたった§64を想起させる。即ち、寒村の貧しい賤が家に生まれたものの、氏素性の忌わしい障害を打破しつつ、力を尽くして功名を立て、国民の希望の柱となり、世界の信望の的となるという理想的な一人物を描出した詩行である。

129

第1部　テニスンの絶唱を読む

尚、常套的な比喩表現ではあるが、詩人の考えているイメージを理解出来るという意味で、断片的ながら以下2、3の例を引用しよう。

> Slowly comes a hungry people, as a lion creeping nigher,
> Glares at one that nods and winks behind a slowly-dying fire.
> 　　　　　　　　　　　　　　　　　　　（135−136）

　飢えた国民は、おもむろに近付いて来る。さながらジリジリ接近
　　するライオンの如く。
　そして　おもむろに消えようとする火の蔭で　うとうとし、ま
　　ばたきをする　国民をにらみつけるのだ。

　Ricks の脚注によると、草稿段階では As a lion in his hunger and his anger creeping nigher となっていたそうである。[16] この lion のイメージについては、Thomas Pringle という人の *Travels* という書物を1837年に詩人が読んだためということが *Memoir*（I.162）に述べられている。のしのしと、しのび寄るライオンのイメージと、飢えた民衆の不気味にしのび寄るさまを結びつけた比喩である。
　ただ続いて出てくる「男女観」というか「男女比較論」なるものは、中々解釈のし難いカプレットである。が、それでいて、いや、それなるが故に含蓄に富んだ措辞となっている。殊に、この比喩表現が問題となる。

> Woman is the lesser man, and all thy passions, matched with
> 　　　mine,

第5章 「ロックスレー・ホール」'Locksley Hall'

Are as moonlight unto sunlight, and as water unto wine——

　先ず、この詩行の意味を肯定的に把えようとするのか、否定的な意味合いで解釈しようとするのか、その立場によって随分と開きが生じる。「太陽に対する月の光」「ワインに対する水」などというのは、一体どういう心づもりの比較論であろうか。男性と女性を比較するにあたって単に力の強弱、価値の多寡による単純な価値判断を詩人は述べようとしているのだろうか。冒頭の 'Woman is the lesser man' という表現は一種の断定であり、決めつけ的な定義の開陳と受けとられるし、続いて現れる all thy passions の 'all' が、次の 'matched with mine' という条件的意味合いの表現と相まって、どことなく否定的な解釈を呼びおこしそうに思える。そうすると、太陽の光と月の光、そしてワインと水との相互関係は、価値判断の優劣を示すのみの比喩と解釈されるのではなかろうか。

　しかし、見方を肯定的に向けてみよう。先ず、冒頭の 'Woman is the lesser man' という表現は、男女を単に 'lesser' という言葉で定義しているのではなく、この表現には聖書の「創世記」の男女創造のくだりを想起させるものがある。創世記2:21－22によると、神は男の肋骨から女を創造したとある。即ち、アダムのふさわしい助手になるよう、エバはアダムの体の一部、肋骨から造られたのである。因みに、この物語は特に、男と女は元来1つであったが故に、再び一体になることを求めて止まない男女の互いの衝動を説明しようとするものであると聖書事典は述べている。そして「女」(issah) という語は「男」(is) から派生したものであるとも説明しているのは興味をそそられるのである。

第 1 部　テニスンの絶唱を読む

　従って 'Woman is the lesser man' とはいえ、それは力や価値の優劣の観点から述べられたものではないのであって、男の体の一部から創造されたという聖書的視点からの措辞とみなすこともできるのである。
　この部分は、テニスンの MS では、以下のようになっていたことが Ricks 版の『テニスン詩集』の脚注[17] に示されている。

　　Woman is the lesser being: all her pleasure and her pain
　　Is a feebler blinder motion bounded by a shallower brain. *MS*
　　　　　　　　　　　　　　　　　　　　（149－150）

'lesser man' ではなく、'lesser being' となっている点は注目すべきである。「かよわき存在」と把えると、文字どおり力弱き存在、価値の劣る存在という解釈が成り立つのであるが、決定稿では 'lesser man' という措辞に変更しているという事実は、前述のように、聖書的視点から述べられた詩行と理解されてくるのである。
　さて、論点をはじめの方に戻して述べよう。'Woman is the lesser man' を肯定的に把えると、次の部分の 'matched with mine' というのは「男としての私の情熱とうまく調和して」という意味となる。つまり「女性の一切の情熱は私の情熱と調和して、太陽の光に対する月の光、ワインに対する水の如きものとなる」。この最後の部分も、太陽の光と月の光の明るさの強弱の比較というよりも、その 2 つの光の持つ明暗のニュアンスの補完的意味合い、そして又ワインに対する水というのも、ワインと水はそれぞれ共存してこそ、互いの存在価値を発揮するのだ、という同じく補完的意味合いを述べていると解釈さ

第5章 「ロックスレー・ホール」'Locksley Hall'

れてくるのである。ここに現れた 'as' の直喩表現は、以上のように把握することによって詩人が読者に伝えようとした真意を受け取ることができると思われるのであるが、如何なものであろうか。

隠喩表現

次に、metaphor について考えてみたい。本篇に現れる metaphor の用例はさほど多くはない。

With the fairy tales of science, and the long result of Time;
(訳は p.107 参照)

the fairy tales of science という表現は、ヴィクトリア朝時代における科学の進歩・発展を如何に詩人が把え、夢を託していたかが分かるものである。不思議な新境地を開拓する科学なるものに、青春の憧憬を馳せ、夢を寄せた想いが、さながら fairy tales を想起させたものであろうか。

Love took up the glass of Time, and turned it in his glowing
hands;　　　　　　　　　　　　(訳は p.110 参照)

ここに現れる 'the glass of Time' も心に残る metaphor と云ってよい。「愛」が「時というグラス」を取りあげて、それを愛の輝く両手の中で回すと、その度毎に、そのグラスは軽く揺さ振られて、黄金色の砂粒となって、照り映えるという幻想美をたゆたたせた表現であ

133

る。しかし、この 'the glass of Time' をそのまま 'hour glass' と取り、その砂時計の砂が逆さに向けられて、こぼれ落ちるさまを描写していると解釈すれば、幻想美は消えてしまう。「愛」なるものを擬人化し、それが「時間というグラス」を取りあげるという発想は新鮮であり、効果的なメタファーと云えよう。

Love took up the harp of Life, and smote on all the chords with might;　　　　　　　　　　　　　（訳は p.110 参照）

このカプレットは解釈の仕様によっては、極めて官能的なメタファーと理解される。即ち 'Love' が取り上げ掻き抱くのは、生身の肉体という 'Life' の、その彎曲したハープという肢体である。ハープという楽器の柔美な曲線のイメージに裏打ちされたその肢体と、'Love' という personification の男性とのしぐさは、とりもなおさず男女の愛の営みを連想させる。更に、次の詩行の 'smote' とか 'with might' という措辞は、その激しい情調をうまく表現し、愛の高まりを連想させる。そして次行が格別の情趣を醸すのである。即ち前行の 'all the chords' を 'the chord of Self' というふうに一点に集中させ、昇華の極致を強調する。それには魂も肉体も共に、うち震える（trembling）というのである。trembling という現在分詞の奏効は、瞠目すべきものがある。妙なる楽の音にまがう喜悦の叫びのうちに、やがてその激情は、うち震うトレモロの消え去るが如く四面にたゆたい薄れゆき、おもむろに消え失せる（out of sight）こととなる。

Love は男性であり、the harp of Life は女体であり、激しい情熱と震えと喜悦の楽の音、そしてそれに続く静謐の境涯にたゆとう一刻、

第 5 章　「ロックスレー・ホール」'Locksley Hall'

こうした深い深い情趣・情感の表現が、まさにこのカプレットには凝縮されていると読みとれるのである。この詩篇の中で最も人々に愛誦されているといわれる理由は、この絶妙なメタファーの活用にあるのではなかろうか。

5　'Locksley Hall' の光と影 ── むすびにかえて ──

　1988 年、*Edward Lear's Tennyson* と題して、200 枚になんなんとする、sketches をふんだんに折り込んだ大型画集兼論評書を刊行した Ruth Pitman は、'Locksley Hall' に触れて開口一番＜'Locksley Hall' has always been the subject of controversy.＞と切り出している。そして E. F. Shannon の *Tennyson and Reviewers* から本詩刊行当時の書評の内、積極的にこの詩の価値を認めようとする肯定派の意見を紹介している。それによると、『1842 年詩集』の中で、大部分の読者にとっては、この作品が最も人気があったようであり、力強く元気一杯の男の 'daring conception' と 'most bitter passion' に溢れた作品であるとも云っている。[18]

　実際、この詩は、テニスンを 'Civil List' に推薦し、「王室下賜年金」を獲得させようと友人たちがもくろみ、名作 'Ulysses' と共に、当時のロバート・ピール首相に留意を喚起したといわれる詩篇であり、実際、1845 年 9 月、その年金（年額 200 ポンド）を首尾よく受領出来ることになったのである。確かに、この詩篇は 'Ulysses' と共に『1842 年詩集』中の白眉であったのである。殊に、生き生きとした強弱調の韻律は、忽ち人々の人気の的になったのである。

　しかし当然のことながら、本詩に登場する主人公の言動・思想につ

いては、大きく意見が分かれることとなった。又この詩は、無理で不自然であるとも考えられた。主人公の男性は、ひとりよがりであり、いやに気取っており、しかも、おとなしく結婚した相手の女性を最悪の視点から描出しようとする、わがまま男とも考えられたのである。

文学作品の場合、肯定派、否定派のそれぞれの立場から、賛否両論が吐露されるというのは、決して珍しいことではなく、特異なメリットを標榜する作品であればあるほど、こうした意見の対立は、自明の理でもある。*Maud* と同様に自伝的色彩の濃い作であることは、今までの論述で明らかに出来たと思っているが、長々とした強弱調の詩行が展開するこのユニークな詩形も本詩の詩趣を豊かにしている技法と云ってよい。内容に支離滅裂の所があると非難した W. Hellstrom の評言[19]は、多少厳し過ぎる憾みがあるとはいえ、思いつきで云いたい放題の言辞を弄したと云われても、仕方のない主人公の言動は、これも又テニスンが当時の押さえ難き個人的な憤懣体験をむしろ故意に作品の中で結晶させたのだと考えられないことはない。前述したように、視座を変えれば異なったものに見えるというのは当然である。ああわめき散らし、こう怒鳴り散らかしている態を作品として、故意に作りあげている技法を敢えて取ったのではなかろうか。これは善意に満ち過ぎた解釈だと難詰されるかもしれないが、筆者には詩人の意図的とも思える主人公の「わめき散らし」をその様に受け取り、それなりに評価したい気持にさせられるのである。

ごく最近 (1992) 研究書を刊行した Michael Thorn は、'The confusion and contradictions in the voice of the speaker, made (and make) this an utterly *modern* poem.' と述べている。[20] 'modern' な特質を主人公の矛盾・撞着の中に見出している Thorn の見解は注

第5章 「ロックスレー・ホール」'Locksley Hall'

目を引くものと云ってよい。

　例えば、主人公がかつての恋人 Amy に対して、そなたは怠け者で、酔っ払いの夫の世話をしないといけない、そうする事はそなたの義務なのだ、などと云っている箇所がある。又残酷にも Amy が未亡人になる事を想像したり、赤ん坊に生きる慰めを発見するくだりがある。更に、成長した愛娘の感情に、あれこれ注文をつけたり、監視したりするようになると描かれる。かつて青春の生命をかけて、愛を注いだ恋人に対して主人公は、そのような言動に赴くことになるのである。

　更に主人公は、絶望するどころか、外国との貿易に夢を馳せて太陽の輝く東洋に、わが身を置くのである。そこは南国の楽園と考えられている。そこで主人公は、土人の女性と結ばれるが、すぐにその無教養に愛想をつかし、キリスト教徒の子供よりも brain が少ない狭小な額しか持たぬ人種、と述べるに至る。現実には、人種に対する当時のヴィクトリア朝時代人の態度は、自分たちこそ、全ての点に優れているのだという確信を持っていたことが知られるのだが、主人公のこうした考え方には、当然それが色濃く反映しているのである。

　人種差別はいけないとか、アパルトヘイトは許し難いとかいうのは、今日的な発想、考え方であって、そうした価値判断を 100 年前のヴィクトリア朝思潮に、当てはめるべきでないのは云うまでもない。ヴィクトリア朝の 'Locksley Hall' という作品の主人公の考え方は、確かにイギリス人こそ最高の人種であり、未開の土人たちは、狭小な額しか持たぬ人間であるというものであり、そうした叙述がイギリス人たちを喜ばしたと想像されるのである。

　美しい詩行で表現された楽天主義や、ヴィクトリア朝時代の発展・進歩主義などは、その時代の人々の願望を表すものとして、絶大な人

第1部　テニスンの絶唱を読む

気を呼んだことと察せられる。歴史的に見ても、ヴィクトリア朝時代は、人間生活全般に、特に科学の分野において、知識欲に燃えた画期的な時代であった。テニスンは、こうした時代精神に敏感に反応を示しつつ、これと呼応しようとしたのである。時代の声と自己の内的必要とを調和させようとしたのである。

'Locksley Hall' の結語は実に勇ましい出発宣言となっている。雨、霰、火、雪、そして、雷にもめげず、「われ出で行かん」(and I go) といった具合である。主人公は挑戦的な未来に対して自信をもって、立ち向かおうとしている。若き日のテニスンの理想主義的人生観の一端がかいま見られる結語でもある。

Maud のような長篇詩とは、おのずから比較しえない面もあるが、この200行足らずの詩篇においても、それなりに個性的なメリットを誇る箇所が少なくないのである。

今さら断るまでもないのであるが、主人公の性格云々を作品批評の基盤に置くこと自体、正道ではない。テニスンが主人公を如何に描いたかは、問題となっても、主人公の性格そのものの立派さや、気紛れさ、小うるささ等は、本詩のメリットとは無関係の筈である。勿論、本詩の主人公を巡って種々の異なった解釈を可能にさせる描写や、布置結構の曖昧さ等は、本詩のデメリットといえなくもないが、本詩のメリットは、そうしたデメリットを補って余りあるものである。即ち、

1　詩中に散りばめられた効果的なイメジャリー　(9-10, 25-26, 67-68, 111-114 の各行)

2　精細な観察と生気溢れる描写そして適切巧妙な措辞　(3-6, 17-20, 35-38, 162-164 の各行)

3　前進を標榜する理想主義的青年の気概の吐露、又は時代の拝金

第5章 「ロックスレー・ホール」'Locksley Hall'

主義的考え方に対する批判の吐露（11-16，59-62，100-101，137-138，181-182の各行）

4 格言的な魅力を持ち、しかも愛誦するにたる強弱調の韻律に裏付けられた詩行（31-34，76，141-144，149-152の各行）

等である。

テニスンの初期作品の中で、今日尚、論議を呼びつつも、一層の新鮮味を湛えつつ、愛読されている 'Locksley Hall' とは、以上のような作品なのである。

注

1. Ward Hellstrom, *On the Poetry of Tennyson* (Gainesville: University of Florida Press, 1972) p.70.
2. Hallam Tennyson, *Alfred Lord Tennyson: A Memoir by His Son*, (London: Macmillan, 1897) I, p.195.
3. J. F. A. Pyre, *The Formation of Tennyson's Style*, (Madison: University of Wisconsin Press, 1921) pp.244-49.
4. Charles Tennyson, *Alfred Tennyson* (New York: Macmillan,1949) p.194.
5. Charles Kingsley, 'Tennyson', Fraser's Magazine, XLII (1850) pp.245-55.
6. *cf*. G. O. Marshall, Jr., *A Tennyson Handbook* (New York: Twayne, 1963) p.97.
7. A. W. Thomson, *The Poetry of Tennyson* (London & New York: Routledge & Kegan Paul, 1986) p.142.
8. Charles Tennyson, *op. cit.*, pp.162-3.
9. Quoted by T. R. Lounsbury, *The Life and Times of Tennyson* (New Haven, 1915) p.444.
10. Quoted by T. R. Lounsbury, *The Life and Times of Tennyson* (New Haven, 1915) P.444.
11. R. W. Rader, *Tennyson's Maud* (Berkeley: University of

第1部　テニスンの絶唱を読む

  California Press, 1963) p.132.
12. Leonèe Ormond, *Alfred Tennyson* (London: Macmillan, 1993) p.59.
13. Christopher Ricks, (ed.) *The Poems of Tennyson* (London & Harlow: Longmans, 1969) p.690.
14. *Ibid.*, p.690.
15. *Ibid.*, p.692.
16. *Ibid.*, p.696.
17. *Ibid.*, p.697.
18. Ruth Pitman, *Edward Lear's Tennyson* (Manchester: Carcanet, 1988) p.128.
19. Ward Hellstrom, *op. cit.*, p.70.
20. Michael Thorn, *Tennyson* (New York,1992) p.175.

第 6 章 「ティソウナス」'Tithonus'
── ＜嗟嘆の絶唱＞として極まる男と女の愛の物語 ──

1

　テニスンには古典に題材を求めた詩篇が比較的多い。この詩人が、過去志向性のつよい詩人とか、尚古精神の横溢した詩人とかいわれるのも、こうした彼の創作傾向からつけられた呼称であろう。古典の中でも、殊に、ギリシア神話に詩材を得た詩篇に限ってみても、『1832年詩集』の白眉と謳われる 'Oenone' をはじめ、同詩集の 'The Lotos-Eaters', 'The Hesperides', そして『1842年詩集』では「劇的独白」の名篇 'Ulysses' や 'Amphion', 後年になって 'Tiresias' (1885)、'Demeter and Persephone' (1889)、'The Death of Oenone' (1892) などがある。この他に、1913年、詩人の息子ハラム・テニスンによって公刊され、作詩時期は 1835 年頃と推定されている 'Semele' という断章や、1949 年 M. J. Donahue が *PMLA* (lxiv) ではじめて公表した 'Tithon' という作品（'Tithonus' の原型ともいうべき詩篇で1833年の作）があり、ギリシア神話・伝説に基づいた作品はまことに多彩なものがある。

　本章で考察の対象とする 'Tithonus' という作品は、一口でいって、同名の主人公が自分の妻である曙の女神 Aurora に対して吐露した嗟

第6章 「ティソウナス」'Tithonus'

嘆の歌であるといってよい。しかし、この絶妙な無韻詩には、その作詩動機、詩想、表現などの点で注目すべき数々の特徴が含まれているのである。

2

'Tithonus' は、1860年にはじめて発表された弱強5歩格の 'blank verse' であるが、この詩の萌芽ともいうべき 'Tithon' という詩篇は、詩人の20歳代の1833年に創作されている。この初期作品 'Tithon' が 'Tithonus' に改作され、公表されるに至った経緯については、テニスンの伝記『追想録』(第1巻、p.459) に、詩人自身の語ったことばとして以下のような文章がある。

「私の友人サッカレーとその出版者が、私に何かぜひ送ってほしいときびしく催促してきたものですから、昔のノートをあれこれ探し出し、この 'Tithonus' という原稿を発見しました。25年も昔に書いたものでした。この詩はもともと私の昔の詩集の中の 'Ulysses' のペンダントであったものです。そして私は、この点と、この詩が25年も前に作られていたものである点とを編集者に述べるために、一通の便りを Smith に同封してほしかったのでした。ところが、こんなことをすると、この原稿の価値が低くなると彼は思ったのでした」。

以上の文章で理解されるように、テニスンは、1859年、友人のサッカレーが編集していた『コーンヒル・マガジーン』という雑誌に烈しく催促されて、昔の粗稿ともいうべき 'Tithon' に多少の彫琢を入れて 'Tithonus' を完成させたのであった。'Tithon' は、アーサー・ハラムの急逝のショックをうけて後、すぐに創作されたものであり、

いわば、神話の中の物語を触媒として、人間の必滅性という問題に洞察を加えた詩篇になっているといえよう。

'Tithonus' が 'Ulysses' のペンダントであるということはすでに触れたが、これは両詩がほぼ同時期の作であるということだけでなく、いずれの作も、いわば 'a death-in life'（生きながらえの死、生けるしかばね）を否定し、新たな境涯を求める心の叫びの歌となっているからであろう。たしかに、こうした作品は、当時の詩人の個人的な感情を巧みに表現しているといってよい。前述のようにハラムの死後、詩人は、人生の重荷から一切解放されたいと願う一時期があったが、このような感情は、Tithonus の死への願望と重なり合うものであるし、逆に Ulysses の飽くなき冒険への願望は、これまた詩人のひたむきに生きようとする決意をも表明するものであろう。いずれの作品も、結局、'a death-in life' への否定の気持を描出したものであることにまちがいない。Aurora の宮殿における Tithonus の生活も、Ithaca における Ulysses の、老いた妻との平穏な生活も、いずれも 'a death-in life' として否定され、新しい境涯への志向があるばかりである。

　同じくギリシア神話に題材を求めた 'Oenone' という作品も、ほぼ、'Tithonus' と同時期の作品であり、叙事に託して女の真情を表白した１つの抒情詩となって成功した詩篇である。この作品も 'Tithonus' と興味深いコントラストをなしているといえる。この作品はイノーニーという捨てられた悲しい女から、つれない男としてのパリスに対する切々たる哀訴が主流となったものであるが、この 'Tithonus' は、それとは逆に、いわば哀れな存在の男から魅力ある女性としての Aurora に対する哀訴の形をとった詩となっているから

143

第6章 「ティソウナス」'Tithonus'

である。男と女の愛の物語といった視点から読まれうる dramatic monologue といってよかろうか。このような男と女の愛の緊張感のうちに、この詩が読まれうるというのも、この詩の1つの魅力になっているといってよい。毎朝、涙を流しながらも無言のうちに宮殿を出発していく曙の女神 Aurora は、Tithonus の唯一の哀訴を聞き叶えることができないのである。その意があっても、いかんともしがたい窮状にある Aurora と Tithonus の関係を、詩人は、この詩で描出しているが、男と女の1つの愛の終わりの姿を描いた dramatic monologue として、この詩を読みとることもあながち的はずれではないだろう。

また一方において、この詩は、人間というものは、本来あるべき姿にあるのが自然であり、望ましいものであるという考え方を示唆した詩とも読みうる。つまり、人間である自分の本来の存在を越えて、神の地位に臨むようになることはそれ自体高慢であり、不遜であり、これは結局罰せられることになるのである。不滅性を与えられても Tithonus は、結局早く死ぬ力を与えてほしいと懇願するようになるのである。immortality を与えられたといっても、単なる 'a death-in life' にすぎないからである。単なる不死、不滅性は祝福されるべきものではなく、むしろ不死の老軀こそ耐えられない苦しみの源になりさがるのである。求められるのは単なる永遠の生命ではなくて、永遠の若さであるべきだったのかもしれない。もっとも、たとえ永遠の若さを与えられていたとしても、その境涯が必ずしも祝福されるべきものであったかどうか定かではなかろうが、その問題は目下のところここでは考察の対象外である。とにかく人間であった Tithonus は、結局、最後に人間として地上に返してほしいとひたす

第1部　テニスンの絶唱を読む

ら懇願するようになるのだが、これは、不遜に対する1つの罰としての応報であり、これがこの詩のもっている倫理的一面と考えられないこともないだろう。

　この詩全体の流れは、結局、Tithonus が Aurora の住んでいる東の空の宮殿から下界を見下しながら、Aurora に向かって哀訴する体になっているが、この詩の最大の魅力は何と言っても雄大宏壮な東天紅の描写であろう。絢爛たる美を誇る Aurora の出御の描写も圧巻であろう。次節では、そうしたテニスンの本領が十二分にうかがわれる種々の表現について逐一触れてみたい。大意という意味で試訳をつけることにする。

3

　'Tithonus' は、生者必滅の理をうたった、格調高い次のような詩行からはじまる。

> The woods decay, the woods decay and fall,
> The vapours weep their burthen to the ground,
> Man comes and tills the field and lies beneath,
> And after many a summer dies the swan.　（1－4）

　うっそうたる巨木の森も、時がいたれば、朽ちて倒る。
　雲や霧は、その重荷の水分を、泣いて大地に降らせる。
　人間はこの世にいたり、土地を耕し、やがて地中に眠る。
　幾春秋の後には、長寿の白鳥さえも死にはてる。

第6章 「ティソウナス」'Tithonus'

　これら冒頭の数行で、詩人は、万物にはすべて終わりがあることを巧みに述べている。まず、うっそうとした一見不滅に思われる千古の巨幹の森といえども、やがてその時がいたれば死滅するものであるという。そして、移ろい易い雲や霧にいたっては、一朝にしてその形を変え、あたかもしのびなくように涙の雨を降らすというのである。亭々たる大樹の不動性・不変性と刻一刻、変転きわまりない雲や霧の自然現象とを対照的に並置し、しかも両者が必滅の理においては同一であると示唆している。必滅のはかなさを相乗的に強調する詩行となっているといってよい。

　このように、およそこの世の万物にはすべて天命とか寿命とか呼びうるものがあるはずなのに、ひとり Tithonus だけは、不死の生命を与えられており、今やその境涯を慨嘆する心境になっているのである。

　　Me only cruel immortality
　　Consumes: I wither slowly in thine arms,
　　Here at the quiet limit of the world,
　　A white-haired shadow roaming like a dream
　　The ever-silent spaces of the East,
　　Far-folded mists, and gleaming halls of morn.　(5-10)

　　残酷な不死の生命は、私のみを憔悴させる。
　　私はここ世界の静かな涯にあって、
　　はるかかすみたなびく東天の、常に静かな空のあたりを、
　　また朝(あした)の輝く館のまわりを、

第1部　テニスンの絶唱を読む

　　朦朧夢のように、彷徨する白髪の幻影となって、
　　そなたの介抱をうけながら、徐ろに老衰していく。

　immortality を与えられたものの、永遠の青春すなわち不朽の生命を与えられていない Tithonus は、やがて次第に老いてゆく。遂に手足の自由もきかなくなって今や醜悪な老軀を無惨にもさらけ出すようになってしまう。しかし、それでも Aurora に選ばれて人間の世界から神の世界へと昇ることのできた Tithonus は、今なお、東天にある Aurora の宮殿の内外に出入りし、その周辺を彷徨することができるのである。Aurora の宮殿の情景を描出している 'the quiet limit of the world', 'The ever-silent spaces of the East' そして 'gleaming halls of morn' といった語調は神の住処の描出にふさわしく壮大にして神秘的である。'quiet', 'ever-silent', 'gleaming' の形容辞が効果的である。また、'a white-haired shadow' とか 'like a dream' とかの用語もホーマーの『オデッセイ』[1] やユーリピデスの『フェニキヤの女』[2] など、古典の残響を伝えるものであるといえよう。
　悲惨な「生けるしかばね」となりはてた Tithonus の現在の慨嘆は、あの光輝ある過去の自分の姿を追憶するにつけても、いよいよその度合いを増すばかりである。

　　　Alas! for this gray shadow, once a man —
　　So glorious in his beauty and thy choice,
　　Who madest him thy chosen, that he seemed
　　To his great heart none other than a God!　　(11-14)

第6章 「ティソウナス」'Tithonus'

ああ悲しいかな、この老軀、かつては一介の男子(おのこ)であったものを。
その美貌のためにそなたのお目にとまり、そなたの選ぶ婿にさえなれる
光栄に浴すことができ、慢心のあまりとはいえ、わが身をまさに
神の一員とさえみなすほどであったものを。

人間が人間の境涯にあれば、それはそれで満足のいくものであるものを、不遜にも、人間の寿命という定めを無視して、永遠の生命を求める Tithonus は1つの罪を犯すことになる。本来あるべき姿にあるのが最も自然であり、望ましいものであり、至福であるという前提に立って、この詩は、Tithonus の「不遜な、高慢な要求」という1つの罪を以下のように述べていく。

> I asked thee, 'Give me immortality.'
> Then didst thou grant mine asking with a smile,
> Like wealthy men care not how they give.
> But thy strong Hours indignant worked their wills,
> And beat me down and marred and wasted me,
> And though they could not end me, left me maimed
> To dwell in presence of immortal youth,
> Immortal age beside immortal youth,
> And all I was, in ashes.　　(15−23)

私はそなたに願いいれた、「不死の生命を与えて下さい」と。
すると、そなたは微笑をうかべてその願いをお許しになった。

第1部　テニスンの絶唱を読む

さながらその与え方に意を用いぬ富裕な人々のように。
しかし、強力なそなたの侍女 Hours たちはこれを憤り、思うが
　　ままにふるまい、私を屈服せしめ、傷害し、憔悴させた。
そして私の生命を奪うことはできなかったものの、不随の身と化
　　し、
永遠の青春を謳歌できる者の側に位置する不死の老人として、
永遠の若者であるそなたとともに住まわせ、
かつての私の若々しさを死灰の中に投げ入れた。

　人類という自分の範疇から脱し、神々の座列に加わること自体（た とえそれが Tithonus の意志でなく Aurora のなせるわざであっても） 1つの思い上がりであるが、それに加えて、永遠の生命を求めるということは、人間すべて死すべきであるという運命に挑戦することを意味する。このような2つの反逆に 'strong Hours' の女神たちは、天地の間に不老不死のものはあるはずはないとして怒るのである。 'All-conquering Time' の異名をもつこの女神たちは Tithonus に 「不死のままの老衰」という厳しい鉄鎚を打ちおろすのである。そして遂に、Tithonus は死ぬ力を剥奪された人間以下の存在になりさがるのである。
　このような悲惨な境涯は、Aurora の愛や美をもってしても、とうてい償うことのできないものであると Tithonus には思われる。彼は贈物の immortality を返上しようと申し出るのである。

　　　　　　　…Can thy love,
　　Thy beauty, make amends, though even now,

第6章 「ティソウナス」'Tithonus'

Close over us, the silver star, thy guide,
Shines in those tremulous eyes that fill with tears
To hear me? Let me go: take back thy gift:
Why should a man desire in any way
To vary from the kindly race of men,
Or pass beyond the goal of ordinance
Where all should pause, as is most meet for all?

(23-31)

そなたの愛もそなたの美もはたして償いができましょか。
たとえ今も今、わたしたちの頭上で、そなたの導きの星である
　　　（暁の）
銀の明星が、私の嘆きを聞いて涙のあふれるその目を
しばたたいて輝かそうとも。私を解放して下さい。
そなたの贈物である不死をもとに返して下さい。
どのような形にしろ人間は本来あるべき人間の姿からかけ離れた
　　　り、
当然生命を終わるべきである天与の寿命——
それこそ万人にとってもっともふさわしいものですが——
を越えようなどと、一体どうして望むべきでしょうか。

一旦は人間の領域を超脱して神の座に位置した Tithonus ではあったが、結局、本来あるべき姿にあるのが人間の最高の至福であるという烈しい自己反省に陥っているのである。天命・寿命を越えてまで生きようとする高慢な願望が明らかに却下されている。この Tithonus

第1部　テニスンの絶唱を読む

の境涯は『芸術の王宮』における 'the Soul' の、あの烈しい自己反省と同一のものであろう。たしかに、不遜の源であった immortality という贈物を返上しようとねがう Tithonus の姿は、あの絢爛たる芸術の王宮を立ち去り、美しい王衣を脱ぎ捨てて谷間の陋屋に移り住もうと決意した『芸術の王宮』における 'the Soul' の、今1つの化身になっているといってよいだろう。

　以上の2つの節で、この詩の主人公である Tithonus の現在の境涯が明らかにされている。次の段落では、Tithonus の伴侶である曙の女神 Aurora (=Eos) のみずみずしい描写が展開される。

　老軀をさらした今は悲しい存在の Tithonus の眼には、朝な朝な若返る魅力をもった Aurora の姿は、かえって格段の輝きを発揮する。「悲運の男」から「無情の女」への哀訴の形をとるこの詩の素地は、このあたりから次第に明確になる。

　　　A soft air fans the cloud apart; there comes
　　　A glimpse of that dark world where I was born.
　　　Once more the old mysterious glimmer steals
　　　From thy pure brows, and from thy shoulders pure,
　　　And bosom beating with a heart renewed.
　　　Thy cheek begins to redden through the gloom,
　　　Thy sweet eyes brighten slowly close to mine,
　　　Ere yet they blind the stars, and the wild team
　　　Which love thee, yearning for thy yoke, arise,
　　　And shake the darkness from their loosened manes,
　　　And beat the twilight into flakes of fire.　　(32−42)

第6章 「ティソウナス」'Tithonus'

　　やさしい風が雲を吹きわけると、
　　私が生まれたあの暗い下界がちらりと見える。
　　今朝もまた、いつもながらの不思議な微光が、
　　そなたの清い額、清い肩、そして若返った心臓の
　　鼓動する胸からしのび出る。
　　そなたの頬は、薄明の中に赤らみはじめ、
　　そなたの美しい眸は私の眸の近くで徐ろに輝きだし、
　　やがて群星の光を奪う。そしてそなたを愛する奔放な駿馬は、
　　その軛(くびき)を慕いながら立ちあがり、
　　ふり乱したたてがみから暗黒をふりはらい、
　　黎明を蹴ちらしてとび散る花火と化すのであった。

　ここに展開されている情景は、曙の女神 Aurora が未明に東の空からおもむろに出御してくるありさまを描いたものである。読む者をして神話時代にひきいれる幻想的魅力をもっていると同時に、実景としては、群星の輝きを消しながら次第に夜が明けていくすがすがしい黎明の、ひとときの変容をいかにも壮麗にうたった「東天紅の一こま」といえる。美しい女神 Aurora の若い魅力は、頬の赤らみ、明眸の輝きといった言葉でいかんなく描出されている。ことに、上掲詩行の最終の2行

　　And shake the darkness from their loosened manes,
　　And beat the twilight into flakes of fire.

における「とび散る火花」のイメージは、いかにも雄大にして鮮烈で

第1部 テニスンの絶唱を読む

ある。刻一刻と朝の光が増大してくるさまを見事、感覚的に把えたテニスン的な技法と発想である。なお、37－42行は、韻律の調子が他と比して少々早まっている。これも、過ぎ去った日に対するTithonusの情感の高まりを巧みに伝える1つの技法であるといってよい。

  Lo！ ever thus thou growest beautiful
 In silence, then before thine answer given
 Departest, and thy tears are on my cheek.

  Why wilt thou ever scare me with thy tears,
 And make me tremble lest a saying learnt,
 In days far-off, on that dark earth, be true？
 'The Gods themselves cannot recall their gifts.'
          (43－49)

 見よ、かくして朝な朝な、そなたは沈黙のうちに美しくなり、
  （私の嘆きには）答えもせず出発する。
 そしてそなたの涙は私の頬に落ちかかる。

 何ゆえにそなたは涙を流して私をおびやかすのか。
 そして「神といえども自分の与えた贈物を再び元に戻すことはで
  きないのだ」という、遠く過ぎ去った日に、
 あの暗い下界で学んだ言葉が、真実そうであろうかと、
 私を震えあがらせるのは、果たして何ゆえなのであろうか。

第6章 「ティソウナス」'Tithonus'

　先にも触れたように、ギリシア神話では、Tithonus に immortality を与えたのは主神 Zeus（＝Jupiter）であるが、テニスンでは、Aurora 自身が Tithonus にそれを与えたことになっている。やがて Tithonus がこの不死の生命を Aurora に返上することになる伏線としてテニスンは多少の改変を施しているわけである。一旦与えられた神の贈物は、神自身では再びどうしようもできないという掟があるために、Tithonus の懊悩はそれだけいっそう深まるばかりである。そして Aurora に対する Tithonus の哀訴はそれだけ切実さを増すのである。

　45行目の '…thy tears are on my cheek.' というのは、今日一日の出御に際して、伴侶の Aurora が別れを惜しんで Tithonus の頬に落とす涙ということであろうが、いうまでもなく Aurora につきものの朝露のことを諷したものと解釈すべきだろう。しかし1つには Tithonus の悲運な宿命——悲惨な「生けるしかばね」の境涯に寄せる、心やさしい Aurora の同情の涙をも、字義どおり意味しているのは勿論である。いかにもテニスン的な Aurora の描写といってよい。ギリシア神話における淫奔な Aurora の面影は、みじんもここには存在しない。しかし、Tithonus にとっては、このような Aurora の無言の涙も「全能であるはずの神の流す涙」ゆえに、かえって恐怖はつのり、'Ay me! ay me!' と、愁嘆は深まるばかりである。

　　　Ay me! ay me! with what another heart
　　In days far-off, and with what other eyes
　　I used to watch ── if I be he that watched ──
　　The lucid outline forming round thee; saw

第 1 部　テニスンの絶唱を読む

The dim curls kindle into sunny rings;
Changed with thy mystic change, and felt my blood
Glow with the glow that slowly crimsoned all
Thy presence and thy portals, while I lay,
Mouth, forehead, eyelids growing dewy-warm
With kisses balmier than half-opening buds
Of April, and could hear the lips that kissed
Whispering I knew not what of wild and sweet,
Like that strange song I heard Apollo sing,
While Ilion like a mist rose into towers.　　（50－63）

ああ、何という悲しみか、遠く過ぎ去った日々に、
いかに今とは異なった心と眼をもって私は見まもったことであろう、
そなたのまわりに形作られるあの輝かしい輪廓を。かつて下界から
そなたを見まもっていたあの昔のままの自分であったなら（何という
至福の境涯であろうか）。私はほの暗い雲（捲髪）が燃え立って照り輝く
輪になるのを見た、また、そなたの不思議な変貌とともに私も変わり、
そなたの居間や門をすべておもむろに紅に染めていくあの輝きで、
私の血が輝きほてるのを感じたのだった。そのあいだ、
私は、口も額もまぶたも、半ば開いた四月の花の蕾よりも

第6章 「ティソウナス」'Tithonus'

  かぐわしい口づけで、ほのぼのとあたたかくなり、身を横たえて
   いた。
  そしてその口づけした唇が何かわからぬ奇妙な、甘美なことばを
  囁いているのを耳にした。それは、さながら、かのトロイ城が
  霧のようにむくむくと立ち昇り、高塔となった折も折、
  アポロのうたうあの奇妙な歌を聞くに似ていたのだった。

 Tithonus が若さを保っていた頃は、Aurora のほのぼのとした朝日の光は、四月になって半ば開く花の蕾のもたらすかぐわしさよりも、さらにやさしくほのぼのと身にしみわたるものであった。そして、未明から夜明けへの、活力に満ちた変貌は、Tithonus の血潮にもみなぎる活力と輝きを与えたものであった。過去はあくまで美しく、そして現在は限りなく悲惨に思える Tithonus ではある。
 口と額とまぶたに受ける官能的な口づけの描出は、半開の四月の蕾の連想に助けられて、むしろ erotic なイメージをかもし出す。今やちぐはぐとなった男と女の愛の悲しさは、そのなれそめの頃の甘美さと比較されると、いっそうその悲しさの度合いを増すばかりである。

          ··· I lay,
  Mouth, forehead, eyelids, growing dewy-warm
  With kisses balmier than half-opening buds
  Of April, ···   (57−60)

上掲の 'dewy-warm'（ほのぼのと暖かい）のように、'dewy-～' の形を取った複合語は、テニスンの愛用語の1つで、例えば、この他

に以下のような例が見られる。

'dewy-dark'
lawn was dewy-dark, / And dewy-dark aloft ('Oenone', 47−8)
'dewy-fresh'
The fields between / Are　dewy-fresh, ('The Gardener's Daughter', 44−5)
'dewy-glooming'
November dawns and dewy-glooming downs, (*Enoch Arden*, 66)

　また、'half-opening' という形容辞についてであるが、'Tithon' では単に 'opening' となっていたものが、'Tithonus' では 'half' が付加され、一段と抒情味が増していると思われる。ちなみに、これと類似した形容辞 'half-awakened' というのが、'Tears, idle tears' に見られるが、これなども詩のリズムの面からも、意味の面からもいっそう効果的であると思われる。なお、F. L. Gwynn も指摘している[3]ように、'Tears, idle tears' の中の用語と 'Tithonus' や 'Tithon' の用語とは、注目すべき類似性をもっている。考えてみれば、いずれの詩も、過ぎ去った昔の懐かしい、たのしい思い出を追憶するという、類似した発想の詩であるし、創作時期もほぼ同じ頃であるから、用語の重複や類似はむしろ当然といってもよいであろう。
　次に、62−63 行のトロイ城とアポロの歌の関係であるが、いうまでもなく、トロイはアポロの音楽に合わせて構築されたという伝説があるわけである。テニスンの初期詩の 1 つに、'Ilion, Ilion' という

第6章 「ティソウナス」'Tithonus'

短詩があるが、この中にも Troy（＝Ilion）は 'melody-born' というふうに表現されている。

これに関連したギリシア神話の概略に言及すれば、日神 Apollo（ラテン語 Phoebus）と海神 Poseidon（ラテン語 Neptune）の両者は、主神 Zeus（ラテン語 Jupiter）に罰せられて、1年間トロイ王 Laomedon に仕えることになったのである。両者はこの王によってトロイの城廓を建造するよう命ぜられたが、このとき Apollo は自分の音楽によって土石をさながら雲霧のように集めて、立派にその仕事を完遂したといわれている。本詩にある「私」すなわち Tithonus は Laomedon の息子であるから、この不思議なアポロの音楽を聞いていた者と考えられるわけであり、上掲詩行が生まれたわけであろう。

なお、このことについては、テニスンの名篇 'Oenone' の 39－41 行にも類似表現[4]が見られるし、ミルトンの『失楽園』[5]にもこの点についての言及があり、ギリシア神話という古典の揺曳は詩人たちの詩筆に彩りと深さを添加しているといってよい。

そして最終連になって Tithonus は Aurora からの別離、人間界への回帰を切望しながらも、尚 Aurora 賛歌を忘れないのである。この作品が、男と女の愛の物語として、終始ほのぼのと読まれうるのも、こうした Aurora 賛美の詩行が全篇にゆきわたっているからであろうか。まさにここにもテニスンの 'a soft romanticism' は顕在しているといって差支えなかろう。

    Yet hold me not for ever in thine East:
    How can my nature longer mix with thine?
    Coldly thy rosy shadows bathe me, cold

第 1 部　テニスンの絶唱を読む

Are all thy lights, and cold my wrinkled feet
Upon thy glimmering thresholds, when the steam
Floats up from those dim fields about the homes
Of happy men that have the power to die,
And grassy barrows of the happier dead.
Release me, and restore me to the ground;
Thou seest all things, thou wilt see my grave:
Thou wilt renew thy beauty morn by morn;
I earth in earth forget these empty courts,
And thee returning on thy silver wheels.

とはいっても、そなたの東天の空に永遠に私を留めおかないで下
　　さい。
私の（人間としての）本性がそなたの神の本性にどうしてこれ以
　　上
交わりえましょうか。そなたの光のすべてを受けても私は冷たく
感じるのです。そなたの輝く宮殿の入口にあっても、
しわだらけの私の足は冷たいのです。今このとき下界では、
死ぬ力をもった恵まれた人間の家々のまわりの、
おぼろにかすむ畑から、また更に恵まれた今は亡き人々の
草むした墓場から、もやが立ち昇っています。
私を解放し、地上に再び返して下さい。
そなたは万物を見ることができるゆえ、私の墓も見ることでしょ
　　う。
そなたは朝な朝なそなたの美しさを新しくすることでしょう。

第6章 「ティソウナス」'Tithonus'

　私は墓で土と化し、このはかない宮殿を、
　そして銀の車で帰っていくそなたをも忘れ果てることでしょう。

　朝な朝なに若さをとりもどし、美しくなっていく Aurora の女神にひきかえ、次第に老いてゆく Tithonus は、Aurora のバラ色の光の中にあっても、輝く宮殿の入口に佇っても、冷え切った手足、しわだらけの手足をもてあましているのである。死ぬ力をもった人間が 'happy' であると断じる Tithonus は、今やどのような Aurora の祝福といえども —— たとえ毎朝涙を流しながら別離を惜しんでくれようとも —— 'happy' とは思えないのである。すでに、死んだ人々を 'happier' と述べる Tithonus には、死ぬ力を持たぬ自分がこの上なくみじめに思えてくるのであろう。'happy men that have the power to die' とか 'the happier dead' という詩句は、Tithonus にとっては、誠に切実な心からなる羨望のことばである。人間は本来あるべき姿にあるのがもっとも至福であるという真実の声をテニスンが、Tithonus の口をかりて、ここに示唆していると理解されるのである。
　以上、全詩行にわたって詩訳を施し、その発想や表現などの特徴について考察を加えてきたが、要するに、この詩の本領は、何といっても雄大広壮なスケールの描写であるといえよう。曙の女神 Aurora に対して哀訴する Tithonus の、この dramatic monologue の真骨頂は、いってみれば、発想と表現の巧みな融合であるともいえる。つまり冒頭の万物必滅の理を述べた部分（1－4）、東天紅の叙景（34－39）、曙の女神の馬車とそれを引く馬の描写（39－42）、ほのぼのと暖かい朝日光（あさひかげ）の爽やかさを半開の花の蕾のもつ、あのかぐわしいイメージで把えたくだり（57－60）、また輝かしい太陽 Apollo の chariot が

goldenとすれば、明けやらぬ灰色の暁のchariotにふさわしいのは銀の車、その銀色に輝く車にのって帰ってくるAuroraに言及した部分(76)など——実に格調高い、魅力ある詩行が確在しているのである。

そしてまた、当然のこととはいいながらも、古典に題材をとった詩篇らしく、ホーマー、ユーリピデス、アガトン、アリストテレス、ミルトン[6]などの残響・揺曳が程よく伝えられて、古典的雅味を出すのに奏功している点も本詩の尽きせぬ魅力の1つになっているといっても差支えないであろう。

注

1. *cf.* ホーマー『オデッセイ』第11巻208.
   like to a shadow or even a dream
2. *cf.* ユーリピデス『フェニキアの女』1543-5.
   A white-haired shape, like a phantom that fades
   On the sight, or a ghost from the underworld shades,
   Or a dream that hath wings.
3. *cf. PMLA*, lxvii (1952), 572-5.
4. *cf.* 'Oenone', 39-41.
   　　　　　　　　　　… as yonder walls
   Rose slowly to a music slowly breathed,
   A cloud that gathered shape:
5. ミルトン『失楽園』第1巻771-2.
   Rose like an Exhalation, with the sound
   Of Dulcet Symphonies and voices sweet.
6. たとえば、本詩49行目の"The Gods themselves cannot recall their gifts,"ということばは、古典の中によく見られるものである。アリストテレスがアガトンから引用したといわれている次のような有名な詩行、
   　　For just one thing even God lacks —— to make undone whatever has been accomplished. (*Eth. N.* vi, 2)
   をはじめ、同趣旨の詩行は、ホラスの『オード』(iii, 29, 45-48)、ミル

第6章 「ティソウナス」'Tithonus'

トンの『失楽園』(第9巻、926-7)にも効果的に利用されているのは注目すべきであろう。

第7章 「イン・メモリアム＝スタンザ」
―― 英詩韻律上、ユニークな脚韻と詩形 ――

1　はじめに

　ロマン派詩人たちの華々しい活躍のあとを受けて、ヴィクトリア朝の代表詩人たちが、如何に個性的に、そして独創的に詩形なるものを考案し、展開させていったか、その足跡の一端を概観する目的で、平成2年度の中国・四国イギリス・ロマン派学会シンポジウムは開催された。

　ヴィクトリア朝詩人の嚆矢ともいうべきテニスンにおいては、その代表作に展開される「イン・メモリアム＝スタンザ」について、また、テニスンと並んでヴィクトリア朝詩壇の人気を二分した詩人ブラウニングにおいては、そのユニークな「劇的独白」と呼ばれる手法を中心にしてそれぞれ意見が開陳された。更に、現実に詩作していたのはヴィクトリア朝後期ではあったが、その強烈な影響のゆえに現代詩の原点の1つと称されるホプキンズにあっては、その独特の「スプラング・リズム」を巡って詳細・綿密な考察が開陳された。そして最後には、高度に洗練された韻律を駆使しながら独自の詩的世界を築き、その価値を高く評価されているハーディの詩形について、特にその変奏の多様性と詩的効用について緻密・周到な、しかも実証的な研究が開陳さ

第7章 「イン・メモリアム＝スタンザ」

れ、感銘深いシンポジウムとなったのは記憶に新しいことである。
　この時代の代表的な4詩人が、その詩想を彩る様々な詩形や韻律の創造・発展にいかにかかわってきたかが興味深く、有意義に究明され、討議されたことは、司会者としての筆者には、深い感銘を覚えることであった。

2　テニスンの「イン・メモリアム＝スタンザ」

　テニスンの代表作といわれ、またイギリス文学におけるエレジー中の最高傑作と称されている『イン・メモリアム』という長篇詩は、その詩形・韻律の上から見ても極めて特徴的な作品である。その独自の詩形は、英文学史上「イン・メモリアム＝スタンザ」といわれているのは周知のことである。ここでは、「ヴィクトリア朝詩における詩形の展開」というテーマであるがために、この長篇詩を詩形という観点から特に眺めてみたいと思う。

　『イン・メモリアム』は総詩行2,900行に及ぶ長詩である。プロローグとエピローグを除くと、全部で131個の節（Section）から成っている。いずれの節も「イン・メモリアム＝スタンザ」として知られている 'abba' なる脚韻で、4行から成るスタンザが幾つか集まって成立している。一番短い節は、3連、一番長い節は、30連から成り立っている。131個の節は、文字通り長短さまざまである。
　では、この「イン・メモリアム＝スタンザ」とは、一体どのような詩形をしているのか、詳細に眺めてみよう。
　これは英詩の中でも最も一般的に用いられている四行詩

第1部　テニスンの絶唱を読む

(quatrain)の一種である。各行は弱強4詩脚［詩脚は歩格とも訳される］(iambic tetrameter)から成り、脚韻は最初と最後の2行及び中間の2行にある。図式にすれば以下のようになる。

$$× ´ | × ´ | × ´ | × —| \quad a$$
$$× ´ | × ´ | × ´ | × —| \quad b$$
$$× ´ | × ´ | × ´ | × —| \quad b$$
$$× ´ | × ´ | × ´ | × —| \quad a$$

この詩形の特徴は、第1行の韻が第4行に現われる、いわゆる 'enclosed rhyme' になっていることである。そのため、その律動はゆっくりとした感じを与えることになり、哀悼や黙想などを表現するうえでいかにもふさわしいと思われる。押韻形式が異なれば、同じ弱強4詩脚であっても、印象が随分異なってくる。

　例えば、賛美歌によく用いられる alternate rhyme の歌と『イン・メモリアム』とを比較するとそのことが明瞭である。

　　Sun of my Soul, Thou Saviour dear.

　　It is not night if Thou be near;

　　Oh, may no earth-born cloud arise

　　To hide Thee from Thy servant's eyes.

　　　　　　　　　　　(Keble's Evening Hymn, iii)

　　Sad Hesper o'er the buried sun

　　　　And ready, thou, to die with him,

　　　　Thou watchest all things ever dim

165

第7章 「イン・メモリアム=スタンザ」

    And dimmer, and a glory done.

                                 (*In Memoriam*, CXXI.i)

　Keble の上掲詩は 'aabb' の脚韻をなし、heroic couplet のように2行で意味も切れてしまうように感じられるが、テニスンの上掲詩は連続感を醸成するのに奏功しているようである。連続感を生み出すのには連綿と続く詩行こそ最高の技法であろうが、『イン・メモリアム』には、1つの文から成り、流れるような調べや連続感に富む節が少なくないのが注目される。例えば、14、64、86、129、131 の各節などは、すべて切れ目のない1文である。
　悲哀感や哀悼感を表すのには 'abba' という循環的な押韻形式とともに、連綿と続く長々しい1文の詩行も奏功しているといえる。
　実際にその例を示そう。

    Sweet after showers, ambrosial air,
        That rollest from the gorgeous gloom
        Of evening over brake and bloom
    And meadow, slowly breathing bare

    The round of space, and rapt below
        Through all the dewy-tasselled wood,
        And shadowing down the horned flood
    In ripples, fan my brows and blow

    The fever from my cheek, and sigh

第1部　テニスンの絶唱を読む

    The full new life that feeds thy breath
       Throughout my frame, till Doubt and Death,
Ill brethren, let the fancy fly

From belt to belt of crimson seas
    On leagues of odour streaming far,
    To where in yonder orient star
A hundred spirits whisper 'Peace.'
                            （LXXXVI）

村雨はふりすぎて、
　　さわやかに　清らかに　匂いゆかしい西の風よ、
　　五彩（いろどり）の夕雲あたりから吹いてきて、
木立をすぎ　花をわたり　牧場を越え、

大空を　ゆるやかに　掃き清め、
　　露の房の滴る林を　くぐりぬけ、
　　岩の角から岩の角へと　くねり流れる河の面に
さざなみの影を送る　西の風よ、

私の額に吹いて　私の頬の熱を冷ませ、
　　西の風よ、おまえの育てる新たな命を、
　　私の身体いっぱいに吹き込んで、
懐疑と死と、あの禍の兄弟に、空想の翼の縛を解かせてくれ。

第7章 「イン・メモリアム＝スタンザ」

　　流れゆく海の香の　その果て遠く、
　　　夕日に染まる紅色の波を越え越え、
　　　さし昇る夕べの星に寄り集う亡き魂たちが
　　「平和」と囁く所まで　空想の翼を舞わせてくれないか。

　この歌は4つのスサンザが1文を成しており、どのスタンザにもrun-on-linesがある。行末に休止がなく次のスタンザに続いている。
　しかし、この韻律形式はまた一面、非常に切れ切れとなって、変化に富んだ律動感を示しうることを示す場合もある。例えば、57節や97節などである。時に応じ、内容に準じて、変幻自在といった韻律美を構成する特色をもつのである。

3 「イン・メモリアム＝スタンザ」と先輩詩人たち

　さて、次にテニスンがこの詩形を用いてどのような作品をこの他に作っているかを調べてみよう。ほとんど初期詩ばかりで、4作品がある。1833年に書かれた政治詩の1つで、'You ask me, why, tho' ill at ease'（1842）というものや、1832年に書かれた 'Love thou thy land'（1842）という、これまた政治詩の1つがある。つぐみの一種で「くろうたどり」をうたった 'The Blackbird'（1842）というものもある。1831-33年に書かれたものの、1949年になって公刊された政治詩の1つで 'Hail Briton' という詩篇もこの押韻形式である。
　次にこの詩形を歴史的にさかのぼり、先輩詩人たちの作品にどのように開花されているか調べてみたい。[1] テニスンの伝記によると、この特徴ある詩形は、テニスン自身が創案したものであると思っていた

ことが述べられている。[2] 詩人は『イン・メモリアム』を出版したあとになって、この詩形が先輩詩人たちにも用いられていたことを知らされたそうである。

　詩人・政治家である Sir Philip Sidney は *Astrophel and Stella* という代表的な恋愛詩を書いているが、これは 100 あまりのソネット集であり、1580－4 年の作である。この 2 番目の歌にこの押韻形式 (abba) が用いられている。Shakespeare の 'The Phoenix and the Turtle'（不死鳥と山鳩）は trochaic ではあるが、'abba' の脚韻をしている。Ben Jonson は、1640 年 'An Elegy' として *Underwoods* 39 番を残している。Charles 一世時代の宮廷人で Cavalier lyrists の代表的存在であった Thomas Carew〔kɛəri と発音〕は *Separation of Lovers* でこの形式を用いているが、恋愛小曲に妙を得た詩人らしい作品といえる。イギリスの宗教家で、York の大主教となり、熱烈な反カトリック主義者である Edwin Sandys という人は、*Paraphrase of the Psalms*（14、30、44、74、140）という賛美歌でこの形式を用いていることが判る。Paraphrase というのは、聖書の文句を韻文に訳した賛美歌のことである。哲学者・歴史家・外交官そして詩人として多才に活躍した Lord Herbert of Cherbruy という人物は、有名なイギリス詩人 George Herbert の兄であるが、この人も 'An Ode upon a Question moved whether Love should continue forever' という長たらしいタイトルの詩篇を残している。'abba' の押韻を見事に駆使した作品である。上述の George Herbert は、*The Temple: Sacred Poems and Private Ejaculations*（1633）という有名な詩集を刊行したが、これは片田舎にこもり、静かな生活を送りつつ、敬虔な心をもって書きとめた 160 の物静かな短詩集である。この中の 'The Temper'

第7章 「イン・メモリアム=スタンザ」

「気性」という名篇は、'abba'の押韻形式によるものである。イギリスの詩人・政治家で、'The Garden'の名作で広くその名を知られているAndew Marvellも、*Daphnis and Chloe*という、ギリシアの牧歌的ロマンスを書いているが、この作品もこの詩形によるものである。

以上のように文学史的に眺めてみても、この詩形を用いた断章はかなり見うけられるわけであり、決してテニスンがこの詩形の創案者というわけではない。しかしながら、たとえ創案者ではないとしても、この詩形を用いて最も優れた長篇の英詩を書いた詩人であったとはいえる。そしてこの評価に異論を唱える人はいないであろう。この詩形が「イン・メモリアム=スタンザ」と称されるのも故なしとしないのである。

4　詩篇の考察と鑑賞

では『イン・メモリアム』の中から最も代表的な、しかも互いに対照的な2つの節を引用し、考察と鑑賞を試みる。

  Calm is the morn without a sound,
    Calm as to suit a calmer grief,
    And only through the faded leaf
  The chestnut pattering to the ground:

  Calm and deep peace on this high wold,
    And on these dews that drench the furze,
    And all the silvery gossamers

第1部　テニスンの絶唱を読む

That twinkle into green and gold:

Calm and still light on yon great plain
　　That sweeps with all its autumn bowers,
　　And crowded farms and lessening towers,
To mingle with the bounding main:

Calm and deep peace in this wide air,
　　These leaves that redden to the fall;
　　And in my heart, if calm at all,
If any calm, a calm despair:

Calm on the seas, and silver sleep,
　　And waves that sway themselves in rest,
　　And dead calm in that noble breast
Which heaves but with the heaving deep.
　　　　　　　　　　　　　　　(XI)

静かな朝、物音もなく、
　　さらに静かな悲しみに似合う静けさ、
　　わくら葉のあいだを縫って　ぽとぽとと
聞こえるは　ただ栗の実の音。

この小高い丘の上にも、
　　ハリエニシダを濡らす露にも、

171

第7章 「イン・メモリアム＝スタンザ」

　　蜘蛛の巣の　緑と金の光を放つ銀糸にも、
　静けさと　深い安らぎ。

　はるばると　散らばる秋の四阿(あずまや)、
　　群がり寄り合う農夫の家、小さく見える遠い塔、
　　果てをかぎる海の広がり、
　かなたの広野一面に　静けさと静かなる光。

　この広い大空にも　紅葉して散りゆく木の葉にも、
　　静けさと　深い安らぎ。
　　そしてわが心にも　この静けさがあるならば、
　もしあるならば、それは静かなるあきらめ。

　海には　静けさと　静かなる眠り、
　　波はゆりかごを揺って眠り、
　　高まる波に　揺られて高まる
　あの友の清き胸には　死者の静けさ。

　静かな朝の情景を見事に描出している詩行である。5つのスタンザの中に全部で10個の 'calm' という言葉が用いられている。この他、'calmer' という比較級も用いられている。各スタンザの冒頭にこの語が用いられていることは看過しえない技法である。意味する内容もそうであるが、そのゆったりとした長母音は、音の面からも、静かさの余韻を助長する。また細かく見れば、'calm' と共に叙述の役割を果たす be 動詞は、第1スタンザに1つあるのみである。閑寂という

第1部　テニスンの絶唱を読む

印象を圧縮した迫力で表現するにあたって、この 'calm' 頻用という技法が大いに役立っているといえよう。

　この詩篇は、晩秋のある朝、詩人が故郷リンカンシャーの丘に上り、眼下を見渡したときの、しみじみとした感懐がモチーフであるが、物音しない静かな朝、ただ聞こえてくるのは栗の実のぽとりと落ちる音のみ、といった具合に聴覚的に描出するだけでなく、視覚的にも近くは、露に輝くハリエニシダ、朝日にきらめく蜘蛛の巣、また遠くは、秋の木立の四阿、はるかかなたの教会の塔などに視点を及ぼして、描出を試み、共感覚的な把え方を展開する。思えば、亡き友の胸には今や死者の静けさがあるのみであり、静かな帰途の海上で、波の揺れる度に揺れる以外、鼓動することのもはやありえない無言の悲しい静けさがあるのみだ、と深い感慨をこめて結語するのである。まとまった詩形のうちに、溢れるばかりの情感がこめられている技法に注目したい。

　「静かなる絶望」をうたった晩秋の朝の静けさとは打って変わって、今度は初冬のある夕暮の情景描出が展開される。「狂おしき不安」を胸裡に意識した詩人の筆致は、激動的でごつごつしており、嵐のどよめきや慌しさを遺憾なく表白するのである。

> Tonight the winds begin to rise
> 　　And roar from yonder dropping day:
> 　　The last red leaf is whirled away,
> The rooks are blown about the skies;
>
> The forest cracked, the waters curled,

第 7 章 「イン・メモリアム=スタンザ」

  The cattle huddled on the lea;
   And wildly dashed on tower and tree
 The sunbeam strikes along the world:

 And but for fancies, which aver
  That all thy motions gently pass
  Athwart a plane of molten glass,
I scarce could brook the strain and stir

That makes the barren branches loud;
  And but for fear it is not so,
  The wild unrest that lives in woe
Would dote and pore on yonder cloud

That rises upward always higher,
  And onward drags a labouring breast,
  And topples round the dreary west,
A looming bastion fringed with fire.
        (XV)

今宵　立ちそめし西風は
　　かなた　落日の涯(はて)よりうなりくる。
　　　梢に残る最後のわくら葉は　うずまき飛び、
深山鴉(みやまがらす)は　ちりぢりに　大空を吹き流される。

第 1 部　テニスンの絶唱を読む

森は叫び、川はさかまき、
　　家畜は牧場に　かがまりつどう。
　　塔や木立を　あかあかと照らす夕陽は
地上に長く　その影を落とす。

玻璃のような海原を越えて
　　穏やかな航路をたどる船の姿を
　　もし私が　胸に描いていないなら、
とても耐えられぬ荒れ模様の空。

裸の梢は　どよめき高鳴る。
　　穏やかな航路を祈っているのでなければ、
　　悲しみの中に巣くう狂おしき不安は
かなたの雲をも　静かに眺めうることだろう。

その雲は空高く、さらに高く舞いあがり、
　　雨をはらんでは　寄せてくる、
　　そして落日の朱色に縁どられた堡塁のような雲塊となり、
陰惨な西空に　崩れ落ちる。

　この 15 節は一読して分かるように 5 つの連から成ってはいるが、最後まで終止符のない 1 文となっている。比較的音節の少ない語が多用されており、嵐のどよめきとか心の激動が巧みに表現されている。殊に第 2 連などは 'cracked' 'curled' 'huddled' 'dashed' 'strikes' というように［k］［t］［d］などの子音を含み、その感を強くする。

175

第7章 「イン・メモリアム=スタンザ」

そのうえ3連、4連の 'the strain and stir' とか 'the barren branches' の頭韻も同じ効果をあげていると思われる。

嵐は西の方から吹き荒れ、枝に辛うじて残っていた枯葉は飛び散り、からすは吹きまくられ、森は叫び、川は逆巻き、家畜は牧場に駈け集い、赤い夕陽は塔や木立の影を長く地上に投じる情景は、いかにも緻密で詳細な詩筆による。そして詩人はさらに、もしハラムを乗せた船が平穏な海を無事還って来ている事を想像しないとすれば、詩人の胸はこの暴風を堪えがたいと思うであろう。そして船が暴風に悩んでいるという恐れがないとすれば、詩人の狂おしい不安感は、この暴風と調和し、きっとあの西空に崩れ落ちる堡塁のような赤い夕雲を眺め楽しむこともできるであろうとうたう。大自然における刻々と変化する雲の情景を描き出しながら、巧みに心象を描出するのである。壮大な自然現象をいかにもロマンティックに描き出す詩人の想像力は我々をつよく魅了してやまない。

最後にこの詩人の独壇場ともいうべき、頭韻などを用いた巧みな word-music の例をいくつかあげよう。

His *h*eavy-shotted *h*ammock-shroud. (VI. 15)

As our pure *l*ove, thro' early *l*ight
Shall glimmer on the *d*ewy *d*ecks. (IX. 11−12)

And on these *d*ews that *d*rench the furze.
That twinkle into *g*reen and *g*old. (XI. 6, 8)

第1部　テニスンの絶唱を読む

Which *h*eaves but with the *h*eaving deep. (XI. 20)
My blessing , like a *l*ine of *l*ight. (XVII. 10)

5　おわりに

　本章では詩形の展開という限られた視点から『イン・メモリアム』を考察したために、この作品の提起するさまざまな問題点——例えば詩魂の推移・変化がいかに効果的に表現されているか、この詩人の自然描写の特徴・特質は何か、また本詩篇における比喩表現、特に暗喩とか直喩などの詩的表現に視点をあてたイメジャリーの考察とか、その他、本篇にうたわれた愛についての詩行に着目し、ハラムへの個人的愛から普遍的、一般的愛に至る詩人の愛の変遷を思想的に解明する、といった種々の視点よりの論及は故意にしりぞけられてきた。こうした諸問題が、「イン・メモリアム=スタンザ」というユニークな詩行によって開花された長篇挽歌の中にみずみずしく提起されうることを指摘しながら、以上で詩形についての考察を終わることにしたい。

注

1. この点については、A. C. Bradley, *A Commentary on Tennyson's "In Memoriam"*. 3rd ed. London: Macmillan, 1910. が大変参考になった。
2. Hallam Tennyson, *Alfred Lord Tennyson: A Memoir by His Son*, I, p.305.

第2部

ロマン主義の揺曳と残響

第1章　テニスンとロマン派詩人たち

1

　ヴィクトリア朝の詩歌、それもとりわけ、その初期の詩歌において、ロマン派詩人たちの遺産がどのように残響として反映し、また処理されているかということは、誠に興味ある問題であり、重要な研究テーマでもある。
　ワーズワスの「自然の宗教」から出発したM．アーノルドは、その時代の複雑に変化する状況下で、自然と人間の絶対的な疎隔、自然の中立性といった壁に否応なく突きあたった。そういえばアーノルドは、ワーズワスの衣鉢を継ぐことにひたすら憧憬を示し、往時のロマン派の全盛期をなつかしみ、これが衰微した己が時代に生きる詩人の不遇をかこち、またそのあるべき生き方を真摯に模索したのであった。
　キーツより一層キーツらしいとさえいえるA．テニスンもその「キーツ的なもの」を調整しなければならなかったし、ロマン派全般の余波あるいは残照に取り巻かれ漂う「青春の詩人」の意識からの脱皮をはからねばならず、詩人なるものは芸術家であると同時に一市民でもあらねばならぬという社会からの要請・圧迫にも対応する必要に迫られたのであった。

第 2 部　ロマン主義の揺曳と残響

　テニスンとは異なり、最初から抒情詩人でない R．ブラウニングにあっては、先ず初めに、知と愛の対立をシェリー風の長詩でうたわねばならなかった。この詩人は、バイロン、シェリー、キーツを好んだが、とりわけ最もシェリーを尊敬した詩人であった。

　ヴィクトリア朝におけるこれら三大詩人たちは、ロマン派の先達詩人を一様に景仰しつつ出発したものの、それぞれの前途に、時代的、社会的隔離を当然のことながら否応なく経験することとなったのである。

　とはいっても各詩人の初期詩には、ロマン派詩人たちの残照、残響が拭いがたく見られ、また聞かれるようである。が、当然のことながら、これら個々の詩人はそれぞれ英詩の伝統という本流のうえに、自らのレゾン・デートルという刻印を明白に押していったといえるのである。

2

　では、ここで視点をテニスンに絞ることにしよう。
　一般的にいって、この詩人の初期詩集はその特徴の 1 つとして、ロマン派の残響が強く感じられる詩風を持っている。このことは 1809 年に生まれ、多感な青春期をロマン主義の全盛期に過ごしたテニスンにしてみれば無理のないことである。伝記的にいっても、テニスンは幼少期の短期間バイロンに熱中していたことが知られるし、キーツやシェリーの影響は後年長く続いていたことは周知のことである。
　テニスンは 1827 年、次兄のチャールズと共にケンブリッジのトリニティ・カレッジに入学したが、やがてこの大学の「使徒団」(The

第1章　テニスンとロマン派詩人たち

Apostles）というサークルのメンバーになることとなり、こうした交友関係は当然詩人に種々の影響を与えたわけである。中でも特筆すべきことは、テニスンがロマン派詩人たちへの本格的な開眼を行なったことである。幼少期にバイロンに夢中になり、スコット風の習作を手がけたことはあっても、テニスンがワーズワス、シェリー、そして特にキーツの存在を身近に感じ、こうした先輩詩人の作品に深く触れ始めたのは、ケンブリッジ入学後のことであった。勿論、このような開眼は、たとえ交友関係のもたらす多面的な感化によらなくとも、大学生になったテニスンが視野を拡大し、興味や関心を深化させれば当然起こるべき自然な開眼であったろうが、それにしても「使徒団」の及ぼしたインパクトは加速度的なものがあったのである。

　本章では、このような若きテニスンの初期詩集における主要作品が、テーマ、イメージ、表現などの点で、いかにロマン派詩人たちにそのお蔭をこうむっているか、また発想や詩風の点でどのような残響を継承しているか、などを追究してみたい。

　先ず、この詩人の詩人観が窺われる作品に焦点をあてて考察する。

　『1830年詩集』中、唯一の無韻詩として興味をひく「神秘主義者」‘The Mystic’ という詩篇は、詩人の少年時代の神秘的な恍惚境を描出したものである。テニスンは生来、神秘的な恍惚、即ち白日夢といった境地に陥り易い、いわばロマン主義的な感受性をもっていた。こうした経験はこの詩のほかにも『イン・メモリアム』「遠き彼方」「聖杯」「深き淵より ── 2つの挨拶」そして後年（1885）に書かれた「古代の賢人」などに描出されている。とりわけ「古代の賢人」の描写は最も成功したものといってよい。「神秘主義者」は1830年に発表されたものの、それ以後テニスン生存中の詩集に一度も収録されなかった作

183

第 2 部　ロマン主義の揺曳と残響

品である。しかし後年「古代の賢人」の注釈の中に、この詩を再録した詩人の長男ハラム・テニスンは、その編著『エヴァースリー版全集』(1907-8) の中で以下のように書いている。

　　この作品は私の父が、詩人の心というものは世界の影を超越する力、周りを取り巻く無知と幻滅を乗り越える力、あるいは完璧な知識が懐疑を消滅させるような純粋な光、そして悩みなき平静な境地に到達する力などを持っているのだという考え方を、漠然とではあるが、幼い頃から抱いていたことを示す 1 篇である。……
　　　　　　　　　　　　　　　　　　　　　　　　（第 7 巻 397 頁）

　こうしたコメントは、この詩がテニスンの幼い頃からの詩人観を理解する上で貴重な存在の作品であることを示唆している。
　詩人観といえば、テニスンがもっと直接的に詩人の本性と役割について思索している詩篇がある。「詩人」'The Poet' と「詩人の心」'The Poet's Mind' という 2 つの作品である。いずれも『1830 年詩集』に初めて公刊されてから、それ以降のどの詩集にもずっと収録されているものである。
　「詩人」という作品は比較的成功している詩篇であるが、いかにもシェリー的なメタファーが多用されている。詩人の思想は「行方わからぬ矢」として把えられ、これは先ず「銀の舌から吹かれるインディアンのあし笛」に喩えられる。次にそれらは「タンポポの、矢のような種子」に変形される。この種子は遠く広く風に吹かれ根をおろし、「金の花」を生み出すのである。そしてこの花は「真理という翼のある矢」を更に遠くの方へ飛ばし、遂に世界は 1 つの「大きな庭」にな

第 1 章　テニスンとロマン派詩人たち

るのである。なお、この詩の「矢＝種」のメタファーは、シェリーの「西風の賦」における枯葉と同じような働きをしていると考えられる。また、この詩の 45 行以下にある「英知」に関する詩行は、シェリーが『詩の弁護』の中で詩人に負わしている役割――「非公認の、この世界の立法者」を、テニスンもテニスン流に負わしていることを示すものといえよう。もっとも『詩の弁護』はテニスンのこの詩の 10 年後、つまり 1840 年に初めて公刊されることになるので、テニスンは当然この詩論を読んでいないわけである。この詩の第 2 スタンザが明白に示しているように、テニスンは詩人なるものを予言者と考えたのである。そして詩人の義務は、真実を話すことである、と強調している。こうした詩人としての役割を後年になって現実にテニスンが引き受けるようになるのは興味深いことといえよう。

　「詩人」の姉妹詩としての「詩人の心」は一般に前者より低い評価しか与えられていないようである。詩風は、シェリー的というよりコールリッジ的な趣を持っている。この詩で、詩人の心は「水晶のように澄みきった流れとなって流れ行く」というふうに描出されている。「クーブラ・カーン」の「聖なる川」を彷彿させる。また、詩人の心は「聖なる大地」であり、聖なる水で育てられた花の咲く聖なる庭園というイメージで把えられている。そして「憂鬱そうな顔の詭弁家」に対してあらゆる場所が神聖であるから近よる勿れ、と警告しているが、これは「クーブラ・カーン」で、詩人の住んでいる「荒涼たる場所」は「聖にして魅惑的」であるので人々は用心しなければならない、という表現に類似した発想といえよう。先にこの詩がコールリッジ的であるといったのは、詩行の残響が強く聞かれるということもさることながら、詩人の存在に対する本質的な理解の仕方がよく似ていると

第2部　ロマン主義の揺曳と残響

いうことも指しているのである。いずれの詩においても、詩人の心を一般人の理解しえない聖地として、また詩人は神秘的で不思議な能力をもった存在であるというふうに考える共通点が存する。こうしたテニスンの詩人観は、勿論20歳代の青年詩人としての詩人観の一部を成すものであるが、しかし「詩人は神聖である」という考え方は、テニスンがその生涯の各時期に応じて抱くようになった種々の詩人観の底流に常に存在していた本質的な態度であったといえよう。

最初期の作品中、白眉の存在として輝いている「マリアナ」は最もロマン主義的な傑作といえる。内容といい、形式といい、純粋詩の典型ともいうべきものである。マリアナ嬢の、いわば閉所恐怖症的な意識の具体化として、崩れゆく廃屋や周囲の淋しい景色が見事に描出され、1つの言語芸術となっている。この詩は制作の萌芽をシェイクスピアの『尺には尺を』に負うているが、その詩想や表現はテニスン独自のものとなっているのはいうまでもない。しかし表現の細部を調べてみるとその用語や発想において先輩詩人たちの系譜、特にシェイクスピア、ミルトン、そしてロマン派詩人たちの揺曳を認めることができる。先ず薄倖の乙女が空しく待ちわびているという詩想については、キーツの「イザベラ」の影響が大きいといえよう。いうまでもなく「イザベラ」という作品は、ボッカチオの『デカメロン』中の物語に拠ったものであり、フローレンスの美少女イザベラとその恋人ロレンゾーとの悲恋物語であるが、ストーリーそのものには悽愴味を誇張しすぎた、極端な不自然があるともいえる。例えば、いかに懐しい恋人が惨殺されたからといって、その頭を鉢に入れてその上に木を植えたり、それを胸に抱いて涙を流すといった類である。もっとも、これはボッカチオのストーリーに準拠しただけでキーツの責任ではない。ボッ

第1章　テニスンとロマン派詩人たち

カチオでは悽愴なものにすぎなかったこのストーリーを、キーツは、確かに純粋な悲劇的作品に創り直しているといってよい。テニスンが魅せられたのはこの純粋な悲劇性ではなかったろうか。「イザベラ」の第30連に次のような詩行がある。

　　イザベラは　失われた悦びを求めて　ひとり泣く。
　　夜が来るまで　烈しくすすり泣いた。

そして最終の第63連に、

　　そうして彼女は　やつれ果て　寂しく死んだ。
　　　　　　　　　　　　　　　（出口保夫訳）

とある。こうした詩行のエッセンスこそ、テニスンの「マリアナ」に新たな想像力の展開となって開花し結実するのである。考えてみれば、相思相愛の若い2人が周囲の事情の無情な流れに押し流され、遂にこの世では相結ばれないという悲劇は、古来、詩歌だけでなく種々の文学形式の中に格好の題材となっており、いわゆる絶唱と称される作品の重要なモチーフの1つとなることが多い。多感な青春期にキーツを愛読していたテニスンが、こうした男女の悲しい恋物語に鮮烈な印象を受けたであろうことは容易に推察できることであり、前掲の「イザベラ」の詩行もこうした意味で「マリアナ」創作の触媒の一端を担っているといえよう。

　個々の表現における残響の例を2、3、示そう。キーツ「睡眠と詩」(146) athwart the gloom は、テニスン「マリアナ」(20) athwart

第 2 部　ロマン主義の揺曳と残響

the glooming flats と、また、キーツ「聖アグネス祭前夜」(49) Upon the honey'd middle of the night は、「マリアナ」(25) Upon the middle of the night と、更にまた「マリアナ」(73-75) の roof / aloof の脚韻と「イザベラ」(第37連) の aloof / roof なる脚韻とは、それぞれ興味ある類似表現となっており、残響を偲ばせるものといえないだろうか。

　次に、古典的な題材を巧みに利用して、自己の内面的葛藤を詩的に結晶させているといわれる名作「シャロット姫」について考察したい。この詩は象徴詩の先駆的詩風を彷彿させていることによっても注目すべき詩篇であるが、ロマン主義との関連に焦点を絞ってここでは述べる。

　この詩の第 1 部では、その姿は見えないが楽しげにこだます姫のうたう歌声について描出がなされ、穂の伸びた麦の刈り取りに朝早くから精出す人々に、「あれに聞こえるは、妖精にも似たシャロット姫よ」と囁かせ、村人に対する幻想的で不可思議な存在をいっそう強めている。この辺の詩行は、シェリーの「雲雀に寄せて」と関連を持つのではないかと思われる。このことについてはP．ターナーも示唆している[1])が、シェリーを愛読していたテニスンにしてみれば、このことは当然考えられよう。

　　　思想のひかりのなかに
　　　　かくれた詩人のように
　　　思わず歓びのうた声をあげ
　　　　……
　　　高楼にいる

第1章　テニスンとロマン派詩人たち

　高貴な乙女のように
　恋のごとくやさしい音楽を
　居間にあふれさせて
　ひそかに　恋になやむ心をなぐさめる
　　　　　　　　　　　（上田和夫訳）

　ターナーは又、この姫は『詩の弁護』の中でシェリーが描いている詩人にも似通った所があることを指摘するが、この点も興味深い。

　　（詩人は）暗闇に坐し、自らの美しいひびきで孤独を慰めようと歌うナイチンゲール。それに耳を傾ける人々は目に見えない音楽家の奏でる旋律に魅了された人々のようである。……

　また、テニスン自身が、「シャロット姫」のテーマについて述べているコメント＜何かあるもの、即ち非常に長い間彼女が遠ざかっていたその広い世界に住む誰かある人――に対する、芽生えたばかりの愛の気持が、彼女を影の世界から現実の世界へと連れ出すのです。……＞は、シェリーの「アラスター」についてのコメントを想起させるものである。これは＜詩人の自己中心的な隠遁・閑居が、詩人を急速なる破滅へと導く、ある抗し難い情熱の猛威によって報復をうけることとなった＞というものである。「アラスター」という作品は、理想美に憧れてやまぬ詩人が、その理想美の姿を、現実を離れた孤独の魂の中に求めて、結局、幻滅と絶望の後に死んでいくというのが主題となっている作品である。なるほど芸術家の生き方という問題にテーマを求めている点では、テニスンの「芸術の王宮」や「シャロット姫」は

189

第2部　ロマン主義の揺曳と残響

「アラスター」と著しい類似点をもっているといえる。これらの詩がそれぞれ出版されたとき、両詩人とも、共に23歳という若さであったし、詩人として如何に生きるべきかという問題こそ最大の課題であったのは当然であろう。

さて、自己中心的な隠遁の生活、あるいは逃避的、独善的な孤高の生活を道徳的観点から批判するというテーマは、「芸術の王宮」という作品に1つのアレゴリーとして見事に開花されている。この作品は、テニスンの『1830年詩集』の審美主義的な詩風を非難するようなつもりで、「使徒団」の1人でケンブリッジ大学時代の親友R. C. トレンチ（1807-86）が「テニスンよ、我々は芸術だけでは生きていけない！」といった評言にその制作の萌芽が存するのである。

この作品には、ロマン派詩人たちの発想や詩風が大きな残響となって揺曳しているのが指摘できるように思われる。とりわけ、コールリッジの「クーブラ・カーン」との類似は顕著である。「芸術の王宮」における 'lordly pleasure-house' は、コールリッジの 'stately pleasure-house' と酷似していて単なる符合と思われない。更に王宮の外観の描写は「クーブラ・カーン」の王宮とよく似ている。コールリッジの 'walls and towers' の代りに、テニスンは 'ranged ramparts' (6) を描出する。また 'spots of greenery' に対して「芸術の王宮」には 'green courts' (25) がある。'mighty fountain' が湧き出ている 'chasm' の代りにテニスンは 'golden gorge of dragons' (23) を描き、そこから 'A flood of fountain-foam' (24) がほとばしり出る。また、コールリッジの 'many an incense-bearing tree' に対してテニスンは 'A cloud of incense' (39) を持ち込んでいる。また、コールリッジが 'ice' と描く所にテニスンは 'frost'

第1章　テニスンとロマン派詩人たち

(52) という語を用いている。このように「クーブラ・カーン」の残響はこの詩においては強烈といわねばならない。勿論、王宮なるものを描出すれば、多かれ少なかれ、類似した発想に流れるのはやむをえぬことではあろうが、これは1つには、W. ヘルストロームも示唆する[2]ように、コールリッジの詩人観 ── 詩人というものは想像力の深みにとびこむ人物であり、また聖なる地に孤立して生きている人物であり、人々が油断してはならない人物であるというもの ── を「芸術の王宮」では否定しようとしていたので、まず冒頭からの王宮描出にコールリッジの「クーブラ・カーン」王宮描出を意識的に心がけたのではなかろうか、ということが考えられる。「芸術の王宮」で否定され、却下されているのは、まさにこの孤立であり、コールリッジ的詩人観のもつ利己主義であったからである。

　この作品はテニスンの芸術観を理解する上で極めて貴重な詩篇であるが、全般的にテニスンの詩人としての特徴がよく窺われる作品でもある。その精緻な観察力、丹精こめた技巧的、絵画的表現、豊かなイメジャリー、対照とか反復とかの技法を通じて一層効果的な描出を志向するその熱意、また古典に関する知識や科学上の諸現象を巧みに活用して詩行に豊穣な奥行きと新鮮なひびきを持たせようとするその芸術的熱情などである。

　考えてみれば、テニスンという詩人はロマン派の終焉を告げようとしていた1830年代に、やがて来たるべき新時代の詩人として人々の嘱望をになって登場してきた。ロマン主義の詩風をその詩行に留めながらも、ヴィクトリア時代特有の時代感覚に敏感に反応し、呼応しながら、テニスン独自の美感、想像力の豊麗、清新な描写、荘重典雅な格調を樹立していくのである。

第2部　ロマン主義の揺曳と残響

　しかし、一面、ロマン派の先輩詩人たちと比較してみると、テニスンの詩風はどちらかというと整然としすぎていて静的ですらある。発想の奔流に身を任せて筆を進めるというより、むしろ素直な、秩序ある、しかも柔軟な美しさの樹立を目指して詩作上の努力を惜しまなかったといえる。例えばこの「芸術の王宮」に行きわたる、整然とした美を眺めると、感覚以前に技巧的処理があったのではないかと思わせる詩行もある。これはやはり1つの特質であると同時に、またこの詩の1つの限界であるといってよかろう。そして、そのことは、概してテニスンの詩作品全般についてもあてはまることではなかろうか。

注

1. Paul Turner, *Tennyson* (London: Routledge & Kegan Paul, 1976), p.62.
2. Ward Hellstrom, *On the Poetry of Tennyson* (Gainesville: Univ. of Florida Press, 1972), p.8.

第2章　キーツとテニスン

1

　英文学史上、テニスンの詩風あるいは詩想がキーツのそれに類似しているとか、又テニスンはキーツの後継詩人とかよく云われており、このことは周知の事実となっている。確かに英文学史、又は批評史を詳細に繙いてみると、テニスンがロマン派のあとを受けて、1830年代に英国詩壇の清新な星として颯爽と登場したときの、批評界の反応そしてテニスン詩の批評は、よかれあしかれ、キーツの再来と受け取られたのであった。

　1827年、アルフレッド・テニスンは、兄チャールズとケンブリッジ大学のトリニティ・カレッジに入学したが、テニスンが殊にロマン派詩人たちを身近に感じ、特にキーツの作品に傾倒するようになったのは、「使徒団」というこの大学のサークルに入会してからのことであったことが知られている。このサークルは、熱心な、理想に燃える学生たちのグループであり、ここには後のダブリンの大司教トレンチやアーサー・ハラムをはじめとして、将来英国の各分野で大きな業績を残すこととなる幾多の俊秀が参加していた。若き日のテニスンが、こうしたグループの学生たちから学生生活の面だけでなく、詩作の面

第 2 部　ロマン主義の揺曳と残響

においても大きな感化・影響を与えられたのも当然であった。

　このような交友関係がアルフレッドに与えた種々の影響の中で特筆すべきことは、先ず前述のように、ロマン派詩人たちへのアルフレッドの開眼であった。幼少期にバイロンに夢中になったり、スコット風の習作を手がけたことはあっても、アルフレッドがワーズワス、シェリー、そして特にキーツの存在を身近に感じ、こうした先輩詩人たちの作品に深く触れ始めたのは、この大学に入学後のことだったのである。

　更に強調すべきことは、アーサー・ハラムとの深く大きなつながりである。ハラムはアルフレッドだけでなく、その家族にも大きな関わりを持つ存在になるが、テニスンという詩人の生涯にハラムほど決定的な、圧倒的な影響を与えた人物は、他になかったといえよう。惜しくも夭逝したハラムだけに、その与えた感化は、火花のように激しく、それでいて不思議に永続的であった。テニスンの名作『イン・メモリアム』の誕生はハラムあっての所産である。

　他ならぬそのハラムは、テニスンとキーツとの関係について次のような言葉を残している。

　　　アルフレッドはキーツの正統の後継者であり、アポロ神の直系の最後の子孫であった。[1]

　この言葉は、1831年1月、ハラムがリー・ハントに手紙を書いて、テニスンの『2人兄弟の詩集』の書評を依頼した際にみられる文章である。実際、ハントは同年2月と3月に『タトラー』の4つの号において書評を順次掲載し、この詩集に相当好意的な、推薦文的な書評を

第 2 章　キーツとテニスン

展開したのであった。[2]

　次に、詩人の作品に対する悪評あるいは酷評という見地からみると、キーツとテニスンはよく似た運命を辿っていることがわかる。　例えば、ジョン・ウィルソン・クローカーという批評家は、テニスンを評して次のように述べている。冒頭部分は賞賛の言葉であるが、やおら酷評の大波がテニスンを圧倒してしまうのである。

　「惜しくも夭逝したキーツをその嚆矢とする、銀河にまがう詩歌界の、もう1人の、そして更に燦然と輝くスター[3]」という口上で始まるものである。これは、1833年4月号の『季刊評論』に掲載された文章であるが、「更に燦然と輝くスター」と最初は持ち上げてはいるものの、残りの部分は痛烈な酷評となっており、皮肉たっぷりの文が続く。出来の悪い詩をやたらと賞揚し、イタリック体をベタベタと用い、感嘆詞を多用し、誤った引用をわざとか本気か分らぬままに使用するといった按配である。

　クローカー（1780-1857）といえば、1818年キーツの『エンディミオン』に対して痛烈な酷評を浴びせかけた毒舌批評家である。シェリーによれば、この酷評こそキーツを死に至らしめた直接の原因であったとのことであり、その烈しさのいかばかりかは想像を絶するものがある。

　実はテニスンは、それまでに「クリストファー・ノースに寄せて」という寸鉄詩を創っていた（1832年10月）が、クローカーはこの腹の立つ詩篇に一種の復讐として前述の如き酷評を書いたのだと示唆されている。批評史を調べてみると、1833年1月7日、クローカーは息子の方のジョン・マリー（父親のジョン・マリーの事業を継承し、1809年、『エジンバラ評論』に対抗して『季刊評論』を創刊した人物）

195

第 2 部　ロマン主義の揺曳と残響

に対して以下のように書いている。

　　あなたのお父上とロックハート氏にお伝えして頂きたい。私は今度はテニスンを手がけます。そしてテニスンを第2のキーツにいたしたく存じます。[4]

　もう一人、当時の批評家で、いわゆる「ノック・アウト・スタイル」(打ちのめしの文体)で、その名を馳せていたブルワー (1803-73) も1833年1月『ニュー・マンスリー・マガジーン』で匿名の書評を掲載し、この中でテニスンをキーツやシェリーとともに、「コックニー・スクール」の一員として位置づけ、酷評の矢面に立たせたのであった。すでにテニスンは『1830年詩集』の酷評に対して随分と自己反省をし、華麗すぎるマンネリ表現を排除して「今度こそ」と満を持して出版した『1832年詩集』に対する酷評であっただけにテニスンにとっては相当なショックであった。英文学史上、有名な「10年にわたる沈黙」という、テニスンの「鳴かず飛ばず」は斯くして起こったのである。シェリーが、キーツの死の原因は酷評のせいだといった言辞は、あながち誇張ではなかったのではないかと想像されるのである。
　因みに、このブルワーという人物は、テニスンと同じくケンブリッジ大総長杯という懸賞詩に当選していたという共通要素があったにもかかわらず、攻撃の度合いは、弱まることはなかった。又、テニスンの叔父であるチャールズ・テニスンとは、リンカン出身の代議士として共に親交を結んでいたが、その親戚という親しい間柄も酷評を和らげる手だてにはならなかったばかりか、テニスンとこの叔父とは平素仲が悪かったがために、批評の手加減もマイナスの方向にしか働かな

第2章　キーツとテニスン

かったのであり、テニスンの失望と落胆はいっそう加速されたのである。

　テニスンの青春詩、つまり初期詩集に対しては、キーツ的な影響を多く受けた作風であったがために、「キーツの亜流」だとか「第二のキーツ」だとか、「あまりにキーツ的」とかいった評言が批評家たちから浴びせかけられたのは仕方のないことであった。

　もっとも、テニスンの名誉のために言及しておかねばならないことだが、1830年の『詩集、主として抒情作品』という、この詩人の単独による第一詩集に対しては、概ね良好な書評が多く、例えば当時『タトラー』を編集していたリー・ハントは、この紙上で好意的な書評を書いているし、W. J. フォックスという人は『ウエストミンスター評論』（1831年1月）において、又親友のアーサー・ハラムは『英国人の雑誌』（1831年8月）において、それぞれ賛辞を呈しているのである。

　それらとは逆に、クリストファー・ノースは、予想ほどではなかったものの、『ブラックウッド・エジンバラ・マガジーン』（1832年5月）でかなり苛酷な書評を掲載したのである。

　又、次の詩集『1832年詩集』に対しては先述のようにキーツの『エンディミオン』（1818）を痛烈に罵倒したのと同じ論調で、このキーツ的な傾向の後継詩人に徹底的な酷評を加えたのが、J. W. クローカーであった。この人の影響は相当なものがあったと想像されるが、しかし、当時テニスンは完全な四面楚歌の状態ではなかった。即ち『マンスリー・レポジトリー』や『トゥルー・サン』などは、正しい評価を掲載したし、『サン』や『アシニーアム』などは大いに批評家から詩人を弁護したことが知られている。特に、1835年7月、『ロン

第 2 部　ロマン主義の揺曳と残響

ドン評論』で、J. S. ミルの展開したテニスンの両詩集に対する同情的な弁護論がどれほどこの失意の詩人を慰め、激励したことになったか、ミルの当時の影響力を考えてみても容易に想像されることである。

　以上、批評界から「酷評」を受けたというキーツとテニスンの共通点について概略を述べてみたが、次にはテニスンの作品の中で、キーツの影響が偲ばれる詩篇について考察することにする。

2

　キーツの『エンディミオン』やテニスンの『1832年詩集』などに鋭く酷評の矢を向けたことでその名を知られるジョン・ウィルソンことクリストファー・ノースも珍しいことに「マリアナ」という初期詩には好意的な見解を示している。[5]

　この詩の萌芽は、シェイクスピアの『尺には尺を』の中のマリアナであるが、この詩の詩想や表現はテニスン独自のものであるのはいうまでもない。しかし表現の細部を調べてみると、その用語や発想において先輩詩人たちの系譜、特にシェイクスピアをはじめ、ミルトン、キーツなどの揺曳を認めることができる。

　先ず、悲運の乙女が来ぬ人を空しく待ちわびるという詩想については、キーツの「イザベラ」（1820）の影響が大きいと考えられる。テニスン詩集の決定版と称されているロングマン社刊の『テニスン詩集』（初版・1969、2版・1987）の編者クリストファー・リックスは、この書の「マリアナ」の解題の中でこの詩とキーツの「イザベラ」との関係について示唆しているが、これは説得力のある論である。[6] これ

第 2 章　キーツとテニスン

については、筆者もすでに前章で触れたところである。
　次にこの詩の最終スタンザに関して、H．F．タッカーやJ．ホランダーなどの学者が指摘しているのは、キーツの「秋に寄せる」との関連である。多少うがち過ぎの感がないわけではないが、それだけ興味をそそられる論点であるともいえよう。[7]

　　屋根の上ではすずめの囀り、
　　　遅れた時計のカッチカチ、そして音、
　　それは言い寄る風を遠ざけるように
　　　ポプラが応える音、これらすべてが、彼女の気持を
　　動転させた、しかし彼女が一番忌み嫌ったその刻は
　　　たくさんのほこりを浮き立たせる日の光が
　　　部屋にさし込む刻と、一日の太陽が、
　　西の端に沈もうとする刻だった。
　　　　　　　　　「マリアナ」最終連（73－80）

　　春の歌はどこへ行ったのだろう　そう　どこへ行ったのだろう
　　　だが春の歌のことは考えてはならぬ　秋には秋の歌がある
　　棚引く雲が静かに暮れていく日を　赤く染め
　　　切株の原をバラ色に映えさせる時にも
　　愁いの声を合わせて　小さな羽虫が　川柳の間で
　　　低く唸りながら　そよ風が吹いたり　止んだりするにつれて
　　　高く舞い上ったり　低く沈んだりする　時にも
　　またすっかり成長した山羊が山の方から　大きく鳴く時にも
　　　垣根のコーロギが歌ったり　駒鳥が　美しい高い声で

199

第 2 部　ロマン主義の揺曳と残響

> 庭先きの菜園から鳴く時にも　つばめが群がって
> 空にさえずる時にも　秋の歌があるのだ
>
> 　　　　　　　　　　　　「秋に寄せる」最終連（23－33）
> 　　　　　　　　　　　　　　　　　　　（岡地嶺訳）

　J．ホランダーによれば、テニスンのこのスタンザは、キーツの最終連を模倣して作ったもの（travesty）ではないかと示唆する。キーツの第3スタンザ、つまり最終連では、光はだんだんと薄らぎ、あたりは次第に暗くなり、目では見えない音が主流のイメージとなってくる。そして「マリアナ」の最終スタンザは「秋に寄せる」が終わっているところから始まっているのではないかと示唆する。即ち、テニスンの「すずめの囀り」はキーツの「つばめの囀り」を想起させるというのである。テニスンのスタンザを読み下っていき、キーツのスタンザを読み上っていくと一体どうなるのだろうか。われわれはそこに意外な関連を発見するのである。

　　テニスン　　「言い寄る風」（75）
　　　　　　　　「ポプラの木」（76）
　　　　　　　　「西の端に　沈んでいく太陽」（79－80）
　　キーツ　　　「そよと吹く風」（29）
　　　　　　　　「川やなぎの木」（28）
　　　　　　　　「静かに暮れていく日」（25）

　以上のように、詩の内容のイメージ群に不思議な共通点が存在するのである。確かに、吹く風やなじみのある樹木や、西空に傾く太陽に

第2章　キーツとテニスン

ついての描出が読みとられる。しかし当然のことながら、2人の詩人がそれぞれの詩篇の中で詠み込もうとした詩想や詩情は同じものではない。テニスンは来ぬ人を待つ侘しさをうたい、キーツは秋なる季節の稔りや風情を情趣ゆたかにうたっている。しかし、詩行に即して分析してみると以上のように興味ある共通点・類似性が存在するのである。

　最後に、テニスンの「マリアナ」にみられるテニスン的な特徴について述べたい。
　キーツの詩想や詩の表現から種々の残響や揺曳のうかがわれるこの詩篇は、一口でいって「来ぬ人を待ち続ける姿に具現された女の性(さが)の詩」とでも呼べようか。
　先にキーツの「川やなぎ」がテニスンでは「ポプラの木」に変化していると述べたが、このポプラの木の描出は、この作品では誠に注目すべき箇所、あるいはイメージとなっていることがわかる。84行という、さほど長くないこの詩篇の中に3回にわたってポプラの木の言及がある。ゴツゴツした幹肌のポプラの木が1本だけ薄暮の中にいつも揺れながら立っているという第4連、月夜にそのポプラの木の不安な影がマリアナの顔をよぎって寝室に入ってくるという第5連、そして前掲のように彼女の気持を動転させるというくだりの第7連の、計3ヵ所である。
　Ｊ．Ｈ．バックレーは、「このポプラの木には嘲るような、欺くような雰囲気があり、マリアナの心の中で1つの固定した妄想となっている」と指摘している[8]が、この評言は正しい。確かにこのポプラの木は彼女を捨てた恋人のように背丈が高く、堂々としており、いかに

201

第 2 部　ロマン主義の揺曳と残響

も男性的である。いわば、つれなきマリアナの恋人の象徴として彼女の心に巣くっているといってよい。彼女の性的フラストレーションを一層駆り立てるものとして、又寂寥感を一層深化する象徴的な添景として把えられるのではなかろうかと筆者は痛感するのである。

　H. M. マクルーハンは、「1830 年と 1833 年のテニスン詩集はテクスチャーの豊かさ、あるいは感覚的な迫力の点においてキーツを凌ぐほどである」とテニスン賞賛を惜しまなかった人だが、彼は更に、「マリアナ」という作品は、「象徴派詩人が詩壇にその運動の機運をまきおこすより 50 年も前に、すでに、もっとも洗練された象徴詩が書かれ得たのだということを世に証明するもの」と力説している。[9] 多少過大評価のそしりを今日招くかもしれないが、少なくとも筆者は今日的な視点に立っても、この詩のもっている感覚的、情緒的陰影の濃さ、また詩形上、韻律上の見事さに敬服せざるをえないのである。そして、とりわけ、寂寥感、倦怠感といった象徴的、想念的な内容を絵画性の中に形象化している点は、この詩の重要な特色となっているといわねばならない。苔むした廃園の花壇、草の立っている茅葺屋根、次第に暮れてくる荒涼たる平原、黒々とした水門の淀んだ水面、月夜にさし込むポプラの影、ひねもすきしむ扉、窓をうつ蒼蠅のけだるいうなり、廃家をわがもの顔のネズミの横行ぶりなど、独特のイメージを脳裏に灼きつける詩行となっており、この詩の詩的魅力はこうした表現が単なる内容の暗示にとどまらず、それぞれ独立した映像の詩美をもって展開していくところにあるといってよい。

　このような言語芸術美の創造こそ、この詩人が若い時から最も得意とした、しかも、最も努力を惜しまなかった領域の 1 つであり、「マリアナ」という作品は、英文学におけるこうした面の珠玉といって差

第 2 章　キーツとテニスン

支えないのであり、キーツ的な影響がもっとも美しく、しかも効果的に垣間見られる詩篇といってよい。なお、キーツとの関連性については、「シャロット姫」などの初期詩の白眉にも色濃くうかがわれるのであるが、紙面の都合で、機会を改めて論じることにしたい。

注

1. Robert B. Martin, *Tennyson: The Unquiet Heart* (New York, 1980), p.140.
2. *Ibid.*, p.141.
3. *Ibid.*, p.169.
4. M. F. Brightfield, *John Wilson Croker* (Berkeley, 1940), p.350.
5. J. D. Jump, *Tennyson: The Critical Heritage* (London, 1967), p.60.
6. C. Ricks, *The Poems of Tennyson* (London, 1969), p.187.
7. H. F. Tucker, *Tennyson and the Doom of Romanticism* (London, 1988), pp.76−78.
8. J. H. Buckley, *Tennyson: The Growth of a Poet* (Cambridge, Mass., 1960), p.39.
9. H. M. McLuhan, "Tennyson and Picturesque Poetry" in *Critical Essays on the Poetry of Tennyson*, ed. J. Killham (London, 1960), p.70.

第3章　テニスン詩にみる光のイメージ

　本章においては、この桂冠詩人の主要詩において、光のイメージがどのように用いられ、それぞれの作品の中でどのような表現効果を上げているか、テニスンの独壇場ともいうべき技法的特質にも触れながら、それぞれ考察を進めていきたいと思う。

　「Dr. F. R. Leavis は、イェイツがテニスン的な局面をもっていることを我々に想起させたが、マラルメや、T. S. エリオットも又、テニスンに関心を抱いていたことを我々は想起できるであろう」と書いたのは、V. Pitt 女史（*Tennyson Laureate,* Toronto, 1962, p.6）であったが、テニスンの、象徴詩における先駆者的役割に言及している学者は少なくない。テニスン詩篇の白眉と目される「マリアナ」'Mariana' や「シャロット姫」'The Lady of Shalott' には、たしかにこうした詩風の前触れを彷彿させる箇所が存在している。光のイメージという点に限って、ここでは「シャロット姫」を取り上げてみたい。

　テニスンは象徴とかイメージのもつ真価を発揮させるために、情緒的、感覚的な連想を用いている。天候、明暗そして光の変化が情緒の推移及び魔力の移り行きを特徴づけているのである。この作品においてランスロット卿が現れるとき、それはまさに明るく澄んだ日の光の

第3章 テニスン詩にみる光のイメージ

中においてである。

　これは、その1つ手前のスタンザで表現される色あせた、くすんだ不明瞭な色調と著しいコントラストを成すものである。

    A bow-shot from her bower-eaves,
    He rode between the barley-sheaves,
    The sun came dazzling through the leaves,
    And flamed upon the brazen greaves
        Of bold Sir Lancelot.
                      （73－77）

    姫の部屋のひさしから弓のとどくほどのところを
    ランスロット卿は、麦の束の間をぬって駆けてきた。
    太陽は、木の葉越しに目もくらむばかりの輝きを放ち、
    真鍮のすね当てに燃えていた、
        雄々しいランスロット卿のすね当てに。

　そして、この他の部分も同じように炎々とばかり照りはゆる風情である。第3部第3スタンザを光のイメージという視点から特に引用してみよう。

    All in the blue unclouded weather
    Thick-jewelled shone the saddle-leather,
    The helmet and the helmet-feather
    Burned like one burning flame together,

第2部　ロマン主義の揺曳と残響

>　　　As he rode down to Camelot.
> As often through the purple night,
> Below the starry clusters bright,
> Some bearded meteor, trailing light,
>　　　Moves over still Shalott.
>
>　　　　　　　　　　　　(91－99)

　　雲1つない、晴れ渡った青空に
　　宝石を散りばめた鞍の革が光った、
　　かぶともかぶとの飾り羽も
　　さながら燃える焔のように輝いていた、
　　　　卿がキャメロットに馬を進めたとき。
　　それはまた、紫色の夜空をしばしば
　　燦然と輝く星辰の下
　　光芒を引きながら彗星が、
　　　　静かなシャロットの上に流れるさまに似ていた。

描出された光景は、まさにランスロット卿の、日の光をうつして輝くまなこさながらである。光あるいは光輝に関連した語は以下の如く頻用されており、いかに燦然たる光景が展開されているかが理解できよう。

　dazzling (75), flamed, brazen (76), sparkled (80), gemmy, glittered (82), stars (83), golden, Galaxy (84), silver (88), unclouded (90), thick-jewelled, shone (92), burned, burning, flame (94), starry, bright (97), meteor, light (98), clear,

第3章　テニスン詩にみる光のイメージ

sunlight, glowed (100), burnished (101), flashed, crystal (106).

以上の26個の語句は、わずか4つのスタンザ（計36行）に現れるものであり、当然のことながら視覚的に鮮烈な印象を形成する。

紫こむる夜、満天の星くずの間を、長い光芒を放って落下していく彗星のイメージも、この詩篇の幻想性を高めるのに効果的であるし、'a bearded meteor' の「動」とシャロット島の「静」のコントラストが強く浮き彫りにされて味わい深い詩美を作っているといえよう。

しかし一方、姫に呪いが起こり、城を出て死の舟旅に出ようとする姫の描写が展開される第4部は、いかにも対蹠的といえる。

In the stormy east-wind straining,
The pale yellow woods were waning,
The broad stream in his banks complaining,
Heavily the low sky raining
　　　Over towered Camelot;　　　(118-122)

嵐ぶくみの東風に枝は曲がり、
薄黄色の森はいよいよ光芒を失っていた。
広い流れは堤にあたってさかんに水しぶきをあげ、
雨雲低く垂れ込めた空からは雨が烈しく注いでいた。
　　　塔のそびえるキャメロット城に。

第3部の輝きあふれる光景とは異なり、嵐ぶくみの天候となり、キャメロットには篠つく雨である。エデンの楽園からアダムとイヴが追放されたとき、ミルトンが『楽園喪失』で展開した自然の描写を想起さ

207

第 2 部　ロマン主義の揺曳と残響

せるものである。第 3 部の「光り輝く明るさ」は、いわばランスロット卿に対する姫の恋ごころのもつ明るい期待感の象徴であろうし、第 4 部の「暗さ」は呪いにうたれ、死の舟旅に赴かざるをえない姫の悲しみの象徴であり、このような象徴を天候とか自然現象の即応的、共感的な、いわば、'pathetic fallacy' 的な描出によって効果を盛り上げているのが注目されるのである。テニスンの得意とする詩的技法の 1 つといってよい。

　次に、この詩人の代表作とよく言及される『イン・メモリアム』*In Memoriam* から、第 50 番のセクションを取り上げ、この中に用いられている 'light' ということばがどのようにこの断章の中で光り輝いているか、つまり効果的な表現となっているか考えてみたい。まずその全詩行を引用しよう。

　　Be near me when my light is low,
　　　　When the blood creeps, and the nerves prick
　　　　And tingle; and the heart is sick,
　　And all the wheels of Being slow.

　　Be near me when the sensuous frame
　　　　Is racked with pangs that conquer trust;
　　　　And Time, a maniac scattering dust,
　　And Life, a Fury slinging flame.

　　Be near me when my faith is dry,
　　　　And men the flies of latter spring,

第 3 章　テニスン詩にみる光のイメージ

That lay their eggs, and sting and sing
And weave their petty cells and die.

Be near me when I fade away,
　　To point the term of human strife,
　　And on the low dark verge of life
The twilight of eternal day.

友よ、そばにいてくれないか、わが生命の灯の消えかかるとき、
　　また　血はよどみ、筋は痛み、うずき、
　　そして　胸は重く、苦しく、
「生命」の轍の回りの遅くなる　そのときは。

友よ、そばにいてくれないか、
　　五感の宿る　この肉体が、激痛に信念を失い、
　　「時」が狂人となって　塵をふき撒き、
「生命」が復讐の女神のように　炎を散らす　そのときは。

友よ、そばにいてくれないか、わが信仰の泉は涸れて、
　　世の人びとは　晩春の蜂にも似て、
　　卵を生み、針を刺し、翅音を立て、
ささやかなる巣を営み、そして死んでいく　そのときは。

友よ、そばにいてくれないか、私が死んで消え去る　そのときは、
　　人の世の闘争の　その果てを見るために、

第2部　ロマン主義の揺曳と残響

　　また　生命の坂の　暗い谷間に降り立って、
　　久遠の生命の曙光を　仰ぎ見る　そのために。

　本詩冒頭第1行目の'My light'なる語句は、もとものもの草稿段階（Lincoln Manuscript）では'the pulse'となっていたことが今日知られているが、こうした些少と思われる彫琢が、この詩のメリットに実に重要な影響を持っていると考えられる。光のイメージを中心にしてこのセクション全体を詳細に検討してみたい。
　'When my light is low'とは「わが生命の灯の消えかかるとき」というほどの意味であろう。この場合の'low'は'nearly exhausted'というほどの意味と思われる。詩人が親友ハラムを喪失して絶望状態にいるときの心境を、このように燃えているローソクか他の何かの灯のイメージで効果的に表白しているのである。草稿段階の'the pulse'という措辞では表現しえないようないくつかの効果を'my light'という措辞は、たしかに持っていると思われる。
　一般に光といえば、我々が連想するものには、hope, truth, virtue, faith, activity, warmth, vitalityなど、人生における積極的、肯定的、前進的な事柄ばかりのようである。ちなみに、手元にあったこの種の辞典（G. Jobes, *Dictionary of Mythology, Folklore & Symbols,* 1962）をひもとくと、上記のことば以外に、beneficence, cheerfulness, life, glory, knowledge, past, prosperity, purity, revelation, sanctity, spiritual joy, summer, wisdomといったものが見られる。更に、キリスト教ではbelief, charity, graceなどのイメージとなるようであり、聖書は'light-bringer'といわれるし、キリストは'light of the world'と称されるのは周知の事実である。因

第 3 章　テニスン詩にみる光のイメージ

みに、仏教でも光は'the upward path'つまり「上り道」を指すものと考えられている。また、阿彌陀仏の発する光は、無量光、無辺光、無碍光、清浄光など12に分析されているようであり、宗教と光のイメージの関係は一般に、洋の東西を問わず密接なものがあるようである。

　このように、まことに多種多様のイメージをもった'my light'を'the pulse'の代りに詩人が用いたとき、この詩句の意味する範疇は実に広漠としたものになってくる。広漠とした把え所のない憾みが生じるものの、ここにある叙述形容詞'low'(＝nearly exhausted) 即ち「低く消えかかる」「乏しくなる」という意味と相まって、「私の光」は「私の生命の光」と理解されてくるだろう。尚、この第1連では、特に具象的な語（blood, nerves）が、2、3行目と続いているので広漠深遠な'light'ということばは、かえって4行目の'the wheels of Being'という巧みなメタファーと並んで、第1連全体の詩趣をいっそう高めるのに役立っているといえるのではなかろうか。

　更に注目すべきは、この詩篇の最終行にある'the twilight of eternal day'という語句である。これは冒頭の行の'my light is low'が表す意気消沈と全く対照的になっている。つまり、天国の栄光を表す'twilight'（＝dawn）が、これまた、光のイメージによっていきいきと示され、'the pulse'という詩句では到底表しえないような意味や連想の広がりを生み出しているといえよう。

　「生命の坂の暗い谷間」the low dark verge of life に降り立った失意の主人公にとって'eternal day'という天国が放つ夜明けの光明'twilight'こそ、この上なき希望の象徴であり、最大の慰めとなるものであろう。

211

第 2 部　ロマン主義の揺曳と残響

'the low dark verge of life' という明暗に関連したメタファーも、'the twilight of eternal day' という光の視点から把えられたイメージも、1つの抒情詩を締めくくるのに巧みに用いられた技法というべきであり、明暗を表す光のイメージが実に奏功している1つの例だといえるのではなかろうか。

次に、いかにもテニスン的と思われる光のイメージについて考察してみよう。それは 'gleam' とか 'glimmer' ということばで表されるイメージである。テニスンが「微光」のイメージを好んで用いるのは、それなりの理由がある。この詩人の vision が何か漠々とした懸念とか錯乱した精神状態に関係している場合がとりわけ多く、いきおい、詩的想像力によって喚起される事柄もいわば霧の中にできる限り包みかくそうとする傾向がある。こうした傾向については、ルイ・カザミヤンもその名著『象徴主義と英詩』の中で指摘していることである。明白な、現実の堅い稜線は微光のかなたに、そして薄闇の中に消し去られてしまうというわけである。

テニスンの詩作品の根本的なイメージと中心的なテーマとは、いってみれば、疑惑と混乱におおわれた霧の中にあり、闇を通して洩れる微光に照らされて、いっそうその詩的感動と本領を発揮するといってよかろうか。ここにテニスン流の象徴主義が見られるのである。

例えば、『イン・メモリアム』第67番には、一条の月の光が、そして更に夜明けの薄明かりが微光を放っている薄暗い教会の中の、亡き友の墓についての描出がある。

> When on my bed the moonlight falls,
> 　I know that in thy place of rest

第3章　テニスン詩にみる光のイメージ

By that broad water of the west,
There comes a glory on the walls;

The marble bright in dark appears,
　　As slowly steals a silver flame
　　Along the letters of thy name,
And o'er the number of thy years.

The mystic glory swims away;
　　From off my bed the moonlight dies;
　　And closing eaves of wearied eyes
I sleep till dusk is dipt in gray:

And then I know the mist is drawn
　　A lucid veil from coast to coast,
　　And in the dark church like a ghost
Thy tablet glimmers to the dawn.

　月の光が　わがベッドに落ちるとき
　　西の国の　かの大河の岸の
　　そなたの眠る　御堂の壁にも
　輝く光が　あることだろう。

　銀色の月の光が　静かにさして
　　墓石に刻んだ　そなたの名前を

第2部　ロマン主義の揺曳と残響

　　また　死んだ年月を撫でていくとき
　大理石なる　そなたの墓碑は　闇の中に浮かび上がる。

　神秘なる栄光のきらめきは　去り、
　　わが枕辺から　月の光も　消えていく。
　　そして　疲れた瞼を閉じて
　暁がしらじら明くるまで　私は眠り続ける。

　やがて目覚めた私は　また想い浮かべる、
　　朝霧は　岸から岸へと　薄き幕を張り、
　　薄暗い御堂には　亡霊のように
　暁の微光を浴びて　そなたの墓碑の淡く輝くのを。

　moonlight, silver flame, dusk, mist, lucid veil, glimmer などの詩句により、闇を通して洩れる微光とそれがもたらす詩的感動が、詩人の晴れやらぬ、くすんだ境涯の象徴として詩美ゆたかに描出されているといえよう。
　光のもたらす明暗の微妙な情調は、あるいは黎明の中の描出により、又黄昏に展開される風物の描写により効果的に開陳される。例えば「マリアナ」全体をおおう薄暗がりの情調は、見事にマリアナ嬢の沈痛な境涯を表白するものであるし、『王女』The Princess の結末においては、人類の未来について詩人の想像力は、半ば闇の世界のその上をほしいままに飛翔するよう描かれているのが注目される(Conclusion, 106-15)。また、この詩人の畢竟の大作『国王牧歌』Idylls of the King においても、その最後のいくつかのエピソードは、

第3章　テニスン詩にみる光のイメージ

いみじくも霧の中に展開されている。薄明かりの霧や靄の中にアーサー王の姿は浮かび上がり、そしてその中に消えてゆくのである('Guinevere', 596-601)。漠然とした雰囲気と疑惑にみちた情調とを旨とするこの詩人の詩筆の特質がよく窺われるといってよい。

では本章の最後の考察として、'gleam' ということばが用いられている詩行の例をいくつか挙げ、この詩人の光のイメージとその技法の特質の一端を更に煮詰めてみたい。

　　Gleams that untravelled world, whose margin fades…
　　　　　　　　　　　　　　　　　　　　　　　　　　('Ulysses', 20)
　　その未踏破の世界は微かにきらめく、そして境界は薄らぎ消える…

『1842年詩集』中の白眉と称される「ユリシーズ」'Ulysses' は、ユリシーズという人物の奮闘努力しようとする心掛け、そして経験を豊富に積み重ねようとする意欲などが描かれた劇的独白であるが、この中に 'arched experience' のイメジャリーが出てくる。これは、アーチの向こうに地平が見えていたのだが、そのアーチを通り越すと、また次のアーチが現われ、別の地平が見えてくる、というイメージである。「経験」とは単なるアーチに過ぎない、永遠にこのアーチをくぐり抜けていくことが人生だ、ということを示唆するのである。上掲の詩行において 'Gleams' という語は、まさに idealist の vision になっているといえよう。

こうしたイメージは「航海」'The Voyage' という、アレゴリーに富み、一種の象徴詩とも目される佳篇の中にも見られる。

215

第2部　ロマン主義の揺曳と残響

> For one fair Vision ever fled...now she gleamed...
> 　　　　　　　　　　　　　　　　　　('The Voyage',57,65)

なぜなら、美しい幻が1つ、絶えず過ぎ行き、…あるときは、その幻はきらめきを放つ…

また、テニスンの自由に関する政治理念を表白した40行ばかりの「自由」'Freedom' という作品にも以下のような詩行がある。

> O follwer of the Vision, still
> In motion to the distant gleam
> 　　　　　　　　('Freedom', 13-14)
> かなたに輝く光を目指し、絶えず
> 動き行く幻を追い求める者よ、

いずれも、これらの 'gleam' は理想主義者を招き、そして導く理想の光のイメージとなっているのが理解される。

では最後の引用としてテニスン晩年（1889）の作品「マーリンときらめき」'Merlin and the Gleam' を取り上げよう。マーリンという人物は、アーサー王を助けた有徳の魔法使いであり、予言者でもあったわけだが、この詩では詩人テニスンのことを指していると考えられる。'the Gleam' とは、微光、きらめき、輝き、と場合によって、いろいろ、邦訳されうるが、この詩でも詩人の「理想の光」つまり「より高い詩的想像力」を指していると考えられる。詩人自身もそのことについて言及している。標題そのものから文字どおり光のイメージを

第3章　テニスン詩にみる光のイメージ

浮き上がらせている作品となっている。

　全体で132行あり、9つのスタンザから成っており、強弱調又は強弱々調の詩行である。紙面の都合で最終スタンザのみを引用する。

>   Not of the sunlight,
>   Not of the moonlight,
>   Not of the starlight!
>   O young Mariner,
>   Down to the haven,
>   Call your companions,
>   Launch your vessel,
>   And crowd your canvas,
>   And, ere it vanishes
>   Over the margin,
>   After it, follow it,
>   Follow the Gleam.
>   (120−131)

>   日の光ではない、
>   月の光ではない、
>   星の光でもない、
>   おお、若い舟のりよ、
>   港に降りて行き、
>   君の仲間を呼び、
>   舟を出しなさい。

217

第 2 部　ロマン主義の揺曳と残響

そして、舟の帆をいっぱいに張りなさい。
そして、その光が水平線に消えないうちに
それを追い求め、追い行き、
そのきらめきを追い求めなさい。

　G. S. Haight という学者は、ワーズワスが 'gleam' なる語を、'poetic imagination' のイメージで用いていることを指摘している (*cf.* Christopher Ricks, *The Poems of Tennyson,* 1969. p.1412) が、他のイギリス詩人においても同様のことと推察される。'light' とか 'gleam' が、人間の追求しようとする理想のともしびとなり、又詩人としての想像力の源泉そしてインスピレーションを象徴するイメージとなるのは、テニスンの詩においても例外ではないのである。しかし、テニスンの場合、既述のごとく、彼の詩的想像力の特質上、殊更 'gleam' という語の頻用が目立つのである。ちなみにこの詩人の全作品中、名詞としての 'gleam' は 46 回、動詞としては 16 回、'gleaming' のように形容詞として用いたのは 12 回となっており、たしかにテニスン愛用語の 1 つになっているのが跡づけられるといえよう。

Selected Bibliography

Adey, Lionel. "Tennyson's Sorrow and Her Lying Lip." *Victorian Poetry* 8 (1970): 261−63.

Adicks, Richard. "The Lily Maid and the Scarlet Sleeve: White and Red in Tennyson's *Idylls*." *The University Review* 34 (1967): 65−71.

Alaya, Flavia M. "Tennyson's 'The Lady of Shalott': The Triumph of Art." *Victorian Poetry* 8 (1970): 273−89.

Albright, Daniel. *Tennyson: The Muses' Tug-of-War.* Charlottesville: University Press of Virginia, 1986.

Antippas, Andy P. "Tennyson, Hallam, and *The Palace of Art*." *Victorian Poetry* 5 (1967): 94−96.

Auden, W. H., ed. *A Selection from the Poems of Alfred, Lord Tennyson.* Garden City, N.Y.: Doubleday, 1944.

August, Eugene R. "Tennyson and Teilhard: The Faith of *In Memoriam*." *PMLA* 84 (1969): 217−26.

Baker, Arthur E. *A Concordance to the Poetical and Dramatic Works of Alfred, Lord Tennyson.* New York: Macmillan, 1914.

Ball, Patricia M. "Tennyson and the Romantics." *Victorian Poetry* I (1963): 7−16.

Barber, Richard. *King Arthur in Legend and History.* Suffolk: Boydell / Rowman and Littlefield, 1974.

——————. *The Arthurian Legends: An Illustrated Anthology.* Suffolk: The Boydell Press, 1979.

Baum, Paull F. *Tennyson Sixty Years After.* Chapel Hill: University of North Carolina Press, 1948.

Beetz, Kirk H. *Tennyson: A Bibliography, 1827−1982.* Metuchen, N.J. & London: The Scarecrow Press, Inc., 1984.

Bloom, Harold. *Alfred, Lord Tennyson.* New York: Chelsea House Publishers, 1985.

Boyd, John D. *"In Memoriam* and the 'Logic of Feeling.'" *Victorian Poetry* 10 (1972): 95−110.

Bradley,A.C. *A Commentary on Tennyson's "In Memoriam."* 3d ed. London: Macmillan, 1910.

———. *The Reaction Against Tennyson.* The English Association Pamphlet no. 39. London: Oxford, 1917.

Brashear,William R. "Tennyson's Third Voice: A Note." *Victorian Poetry* 2 (1964): 283−86.

———. "Tennyson's Tragic Vitalism: *Idylls of the King.*" *Victorian Poetry* 6 (1968): 29−49.

———. *The Living Will: A Study of Tennyson and Nineteenth Century Subjectivism.* The Hague: Mouton, 1969.

Brooke, Stopford A. *Tennyson: His Art and Relation to Modern Life.* London: Sir Isaac Pitman & Sons, Ltd., 1929.

Buckler,William E. *Man and His Myths:Tennyson's "Idylls of the King" in Critical Context.* New York & London: New York University Press, 1984.

Buckley, Jerome H. *Tennyson: The Growth of a Poet.* Cambridge, Mass.: Harvard University Press, 1960.

———. "Tennyson's Irony." *Victorian Newsletter,* no. 31 (1967), pp. 7−10.

Bufkin, E. C. "Imagery in 'Locksley Hall.'" *Victorian Poetry* 2 (1964): 21−28.

Burchell, Samuel C. "Tennyson's 'Allegory in the Distance.'" *PMLA* 68 (1953): 418−24.

Bush, Douglas. "Tennyson." *Mythology and the Romantic Tradition in English Poetry,* pp. 197−228. Cambridge, Mass.: Harvard University Press, 1937.

Cannon, Garland. "'The Lady of Shalott' and 'The Arabian Nights' Tales." *Victorian Poetry* 8 (1970): 344−46.

Cecil, L. D. ed. *A Choice of Tennyson's Verse.* London: Faber and Faber, 1971.

Chandler, Alice. "Tennyson's *Maud* and the Song of Songs." *Victorian Poetry* 7 (1969): 91−104.

Chiasson, E. J. "Tennyson's 'Ulysses' —— A Reinterpretation."

参考文献

University of Toronto Quarterly 23 (1954): 402-09.

Colley, Ann C. *Tennyson and Madness.* Athens: University of Georgia Press, 1983.

Culler, A. Dwight. "Monodrama and the Dramatic Monologue." *PMLA* 90 (1975): 366-85.

―――. *The Poetry of Tennyson.* New Haven: Yale University Press, 1977.

Danzig, Allan. "The Contraries: A Central Concept in Tennyson's Poetry." *PMLA* 77 (1962): 577-85.

―――. "Tennyson's *The Princess:* A Definition of Love." *Victorian Poetry* 4 (1966): 83-89

Donahue, Mary Joan. "Tennyson's *Hail, Briton!* and *Tithon* in the Heath Manuscript." *PMLA* 64 (1949): 385-416.

Eggers, Philip J. *King Arthur's Laureate: A Study of Tennyson's "Idylls."* New York: New York University Press, 1971.

Eliot, T. S. "In Memoriam." *Essays Ancient and Modern,* pp. 186-203. New York: Harcourt, Brace, 1936.

Ellmann, Mary Joan. "Tennyson: Revision of 'In Memoriam,' Section 85." *Modern Language Notes* 65 (1950): 22-30.

Engbretsen, Nancy M. "The Thematic Evolution of *Idylls of the King.*" *Victorian Newsletter,* no. 26 (1964), pp. 1-5.

Engelberg, Edward. "The Beast Image in Tennyson's *Idylls of the King.*" *ELH* 22 (1955): 287-92.

Findlay, Leonard M. "Swinburne and Tennyson." *Victorian Poetry* 9 (1971): 217-36.

Fletcher, Pauline. *Gardens and Grim Ravines.* Princeton, NJ: Princeton University Press, 1983.

Gerhard, Joseph. *Tennysonian Love: The Strange Diagonal.* Minneapolis: University of Minnesota Press, 1969.

Gibson, Walker. "Behind the Veil: A Distinction Between Poetic and Scientific Language in Tennyson, Lyell, and Darwin." *Victorian Studies* 2 (1958): 60-68.

Green, Joyce. "Tennyson's Development during the 'Ten Years' Silence' (1832-1842)." *PMLA* 66 (1951): 662-97.

Gwynn, Frederick L. "Tennyson's 'Tithon,' 'Tears, Idle Tears,' and 'Tithonus.'" *PMLA* 67 (1952): 572–75.

Hair, Donald S. *Domestic and Heroic in Tennyson's Poetry.* Toronto: University of Toronto Press, 1981.

Harris, Daniel A. *Tennyson and Personification: The Rhetoric of "Tithonus."* Ann Arbor, Michigan: Umi Research Press, 1986.

Hellstrom, Ward. *On the Poems of Tennyson.* Gainesville: University of Florida Press, 1972.

Henderson, Philip. *Tennyson – Poet and Prophet.* London: Routledge and Kegan Paul, 1978.

Hirsch, Gordon D. "Tennyson's *Commedia.*" *Victorian Poetry* 8 (1970): 93–106.

Hornback, Bert G. "Tennyson's 'Break, Break, Break' Again." *Victorian Newsletter,* no. 33 (1968), pp. 47–48.

Hughes, Linda K. *The Manyfaced Glass: Tennyson's Dramatic Monologues.* Athens, Ohio: Ohio University Press, 1987

Hunt, John Dixon. "The Symbolist Vision of *In Memoriam.*" *Victorian Poetry* 8 (1970): 187–98.

───. *Tennyson: In Memoriam.* London: Macmillan, 1970.

James, D. G. "Wordsworth and Tennyson." Warton Lecture on English Poetry. *Proceedings of the British Academy* 36 (1950): 113–29.

Johnson, E. D. H. *The Alien Vision of Victorian Poetry: Sources of the Poetic Imagination in Tennyson, Browning, and Arnold.* Princeton Studies in English, no. 34. Princeton: Princeton University Press, 1952.

───. "*In Memoriam:* The Way of a Poet." *Victorian Studies* 2 (1958): 139–48.

───. "The Lily and the Rose: Symbolic Meaning in Tennyson's *Maud.*" *PMLA* 64 (1949): 1222–27.

Joseph, Gerhard. "The Idea of Mortality in Tennyson's Classical and Arthurian Poems: 'Honor Comes with Mystery.'" *Modern Philology* 66 (1968): 136–45.

───. *Tennysonian Love: The Strange Diagonal.* Minneapolis: University of Minnesota Press, 1969.

───. "Tennyson's Concepts of Knowledge, Wisdom, and Pallas

Athene." *Modern Philology* 69 (1972): 314-22.

―――. "Tennyson's Death in Life in Lyric and Myth: 'Tears, Idle Tears' and 'Demeter and Persephone.'" *Victorian Newsletter,* no. 34 (1968), pp. 13-18.

Jump, John D., ed. *Tennyson: The Critical Heritage.* London: Routledge and Kegan Paul, 1967.

Kaplan, Fred. "Woven Paces and Waving Hands: Tennyson's Merlin as Fallen Artist." *Victorian Poetry* 7 (1969): 285-98.

Kermode, Frank. *The Romantic Image.* London: Routledge and Kegan Paul, 1957.

Killham, John, ed. *Critical Essays on the Poetry of Tennyson.* London: Routledge and Kegan Paul, 1960.

―――. *Tennyson and "The Princess": Reflections of an Age.* London: Athlone Press, 1958.

―――. "Tennyson and the Sinful Queen—A Corrected Impression." *Notes and Queries,* n.s. 5 (1958): 507-11.

―――. "Tennyson's *Maud* — The Function of the Imagery." In *Critical Essays on the Poetry of Tennyson,* edited by John Killham, pp.219-35. London: Routledge and Kegan Paul, 1960.

Kincaid, James R. *Tennyson's Major Poems: the Comic and Ironic Patterns.* New Haven: Yale University Press, 1975.

Kissane, James. *Alfred Tennyson.* New York: Twayne, 1970.

―――. "Tennyson: The Passion of the Past and the Curse of Time." *ELH* 32 (1965): 85-109.

―――. "Victorian Mythology." *Victorian Studies* 6 (1962): 5-28.

Knies, Earl A. *Tennyson at Aldworth.* Athens, Ohio: Ohio University Press, 1984.

Knowles, James. "Aspects of Tennyson (A Personal Reminiscence)." *Nineteenth Century* 33 (Jan. 1893): 164-88.

Kozicki, Henry. "Tennyson's *Idylls of the King* as Tragic Drama." *Victorian Poetry* 4 (1966): 15-20.

―――. *Tennyson and Clio: History in the Major Poems.* Baltimore: Johns Hopkins University Press, 1979.

Lang, Cecil Y., and Edgar F. Shannon, Jr., eds. *The Letters of Alfred Lord Tennyson, Volume I: 1821-1850.* Cambridge: Harvard

University Press, 1981.
_____. *The Letters of Alfred Lord Tennyson, Volume II: 1851–1870.* Oxford: Oxford University Press, 1987.
_____. *The Letters of Alfred Lord Tennyson, Volume III: 1871–1892.* Oxford: Oxford University Press, 1990.
Litzinger, Boyd. "The Structure of Tennyson's 'The Last Tournament.'" *Victorian Poetry* I (1963): 53–60.
Lucas, F. L. *Ten Victorian Poets.* Cambridge, England: Archon Books, 1948.
Luce, Morton. *A Handbook to the Works of Alfred Lord Tennyson.* New York: Burt Franklin, rpt. 1970.
Lyall, Alfred. *Tennyson.* London: Macmillan, 1930.
Malory, Sir Thomas. *Le Morte d'Arthur,* ed. John Rhys. 2 vols. London, 1906.
_____. *Malory Works,* ed. Eugene Vinaver. London: Oxford University Press, 1954.
Marshall, George O., Jr. *A Tennyson Handbook.* New York: Twayne, 1963.
_____. "Tennyson's 'Oh! That 'Twere Possible': A Link Between *In Memoriam* and *Maud.*" *PMLA* 78 (1963): 225–29.
Martin, Robert Bernard. *Tennyson: The Unquiet Heart.* New York: Oxford University Press, 1980.
Mason, Michael Y. "*In Memoriam:* The Dramatization of Sorrow." *Victorian Poetry* 10 (1972): 161–77.
Mattes, Eleanor Bustin. *In Memoriam.* New York: Exposition Press, 1951.
McLuhan, H. M. "Tennyson and Picturesque Poetry." *Essays in Criticism* I (1951): 262–82.
_____. "Tennyson and the Romantic Epic." In *Critical Essays on the Poetry of Tennyson,* edited by John Killham, pp. 86–95. London: Routledge and Kegan Paul, 1960.
McSweeney, Kerry. *Tennyson and Swinburne as Romantic Naturalists.* Toronto: University of Toronto Press, 1981.
Metzger, Lore. "The Eternal Process: Some Parallels Between Goethe's *Faust* and Tennyson's *In Memoriam.*" *Victorian Poetry*

I (1963): 189–96.

Millgate, Michael, ed. *Tennyson: Selected Poems*. London: Oxford University Press, 1963.

Millhauser, Milton. *Fire and Ice: The Influence of Science on Tennyson's Poetry*. Tennyson Society Monograph no. 4. Lincoln: Tennyson Research Centre, 1971.

―――. "Structure and Symbol in 'Crossing the Bar.'" *Victorian Poetry* 4 (1966): 34–39.

―――. "Tennyson's *The Princess* and *Vestiges*." *PMLA* 69 (1954): 337–43.

Mitchell, Charles. "The Undying Will of Tennyson's Ulysses." *Victorian Poetry* 2 (1964): 87–95.

Moore, Carlisle. "Faith, Doubt, and Mystical Experience in *In Memoriam*." *Victorian Studies* 7 (1963): 155–69.

Nicolson, Harold George, II. *Tennyson: Aspects of His Life*. Boston: Houghton Mifflin, 1925.

Ostriker, Alicia. "The Three Modes in Tennyson's Prosody." *PMLA* 82 (1967): 273–84.

Paden, William Doremus. *Tennyson in Egypt: A Study of the Imagery in His Earlier Work*. Lawrence: University of Kansas Press, 1942.

Page, Norman. *Tennyson ― Interviews & Recollections*. London: Macmillan, 1983.

Palmer, David John, ed. *Writers and Their Background: Tennyson*. Athens: Ohio University Press, 1973.

Pattison, Robert. *Tennyson and Tradition*. Cambridge: Harvard University Press, 1979.

Peltason, Timothy. *Reading "In Memoriam."* Princeton, NJ: Princeton University Press, 1985.

Perrine, Laurence. "When Does Hope Mean Doubt? The Tone of 'Crossing the Bar.'" *Victorian Poetry* 4 (1966): 127–31.

Pettigrew, John. *Tennyson: The Early Poems*. Studies in English Literature, no. 41. London: Edward Arnold, 1970.

―――. "Tennyson's 'Ulysses': A Reconciliation of Opposites." *Victorian Poetry* I (1963): 27–45.

Pinion, F. B. *A Tennyson Companion.* London: Macmillan, 1984.
Pipes, B. N., Jr. "A Slight Meteorological Disturbance: The Last Two Stanzas of Tennyson's 'The Poet.'" *Victorian Poetry* I (1963): 74–76.
Pitt, Valerie. *Tennyson Laureate.* London: Barrie and Rockliff, 1962.
Poston, Lawrence III. "The Argument of the Geraint-Enid Books in *Idylls of the King.*" *Victorian Poetry* 2 (1964): 269–75.
———. "'Pelleas and Ettarre': Tennyson's 'Troilus.'" *Victorian Poetry* 4 (1966): 199–204.
Preyer, Robert. "Alfred Tennyson: The Poetry and Politics of Conservative Vision." *Victorian Studies* 9 (1966): 325–52.
———. "Tennyson as an Oracular Poet." *Modern Philology* 55 (1958): 239–51.
Priestley, F. E. L. *Language and Structure in Tennyson's Poetry.* London: Andre Deutsch, 1973.
Pyre, J. F. A. *The Formation of Tennyson's Style: A Study, Primarily, of the Versification of the Early Poems.* University of Wisconsin Studies, no. 12. Madison: University of Wisconsin Press, 1921.
Rader, Ralph Wilson. "Tennyson in the Year of Hallam's Death," *PMLA,* 77 (1962): 419–424.
———. "The Composition of Tennyson's *Maud.*" *Modern Philology* 59 (1962): 265–69.
———. *Tennyson's Maud: The Biographical Genesis.* Perspectives in Criticism, no. 15. Berkeley and Los Angeles: University of California Press, 1963.
Reed, John R. *Perception and Design in Tennyson's "Idylls of the King."* Athens: Ohio University Press, 1969.
Richardson, Joanna. *The Pre-Eminent Victorian: A Study of Tennyson.* London: Jonathan Cape, 1962.
Ricks, Christopher, "'Peace and War' and 'Maud.'" *Notes and Queries,* n.s. 9 (1962): 230.
———. "Two Early Poems by Tennyson." *Victorian Poetry* 3 (1965): 55–57.

参考文献

———. "Tennyson's Lucretius." *Library* 20 (1965): 63-64.
———. "Tennyson's Methods of Composition." *Proceedings of the British Academy* 52 (1966): 209-30.
———, ed. *The Poems of Tennyson*. London: Longmans, 1969.
———. "Tennyson as a Love-Poet." *Malahat Review* 12 (1969): 73-88.
———. *Tennyson*. New York: Macmillan, 1972.
———. "Tennyson Inheriting the Earth." In *Studies in Tennyson*, edited by Hallam Tennyson, pp. 66-104. Totowa, N.J.: Barnes & Noble, 1981.
———, ed. *The Poems of Tennyson*. 3 vols. 2nd ed. Harlow, Essex: Longman, 1987.
Robson, W. W. "The Dilemma of Tennyson." In *Critical Essays on the Poetry of Tennyson*, edited by John Killham, pp. 155-63. London: Routledge and Kegan Paul, 1960.
Rosenberg, John D. *The Fall of Camelot: A Study of Tennyson's "Idylls of the King."* Cambridge: Harvard University Press, 1973.
———. "Tennyson and the Landscape of Consciousness." *Victorian Poetry*, 12 (1974): 303-10.
Ross, Robert H.,ed. *In Memoriam: An Authoritative Text, Background and Criticism*. New York: Norton, 1973.
Rowe, F. J. and W. T. Webb. Eds. *Selections from Tennyson*. London: Macmillan, 1921.
Ryals, Clyde de L. "The 'Fatal Woman' Symbol in Tennyson." *PMLA* 74 (1959): 438-43.
———. *Theme and Symbols in Tennyson's Poems to 1850*. Philadelphia: University of Pennsylvania Press, 1964.
Sacks, Peter M. *The English Elegy: Studies in the Genre from Spenser to Yeats*. Baltimore and London: The John Hopkins University Press, 1985.
Sampson, George. *The Concise Cambridge History of English Literature*. 3rd ed. Cambridge, England: Cambridge University Press, 1970.
Sanders, Charles Richard. "Carlyle and Tennyson." *PMLA* 76 (1961): 82-97.

———. "Tennyson and the Human Hand." *Victorian Newsletter*, no. 11 (1957), pp. 5−14.
Scott, P. G. *Tennyson's Enoch Arden: A Victorian Best-Seller*. Tennyson Society Monograph no. 2. Lincoln: Tennyson Research Centre, 1970.
Sendry, Joseph. "*In Memoriam* and *Lycidas*." *PMLA* 82 (1967): 437−43.
———. "'The Palace of Art' Revisited." *Victorian Poetry* 4 (1966): 149−62.
Shannon, Edgar F., Jr. "Alfred Tennyson." *Victorian Newsletter*, no. 12 (1957), pp. 26−27.
———. "The Critical Reception of Tennyson's 'Maud.'" *PMLA* 68 (1953): 397−417.
———. *Tennyson and the Reviewers: A Study of His Literary Reputation and of the Influence of the Critics upon His Poetry*. Cambridge, Mass.: Archon Books, 1967.
Shatto, Susan, and Marion Shaw, eds. *In Memoriam*. Oxford: Oxford University Press, 1982.
Shaw, W. David. *Tennyson's Style*. Ithaca: Cornell University Press, 1976.
———. *The Lucid Veil: Poetic Truth in the Victorian Age*. London: The Athlone Press, 1987.
Sinfield, Alan. *The Language of Tennyson's "In Memoriam."* New York: Barnes and Noble, 1971.
———. *Dramatic Monologue*. Critical Idiom series, no. 36. London: Methuen & Co., 1977.
———. *Alfred Tennyson*. Oxford: Basil Blackwell Ltd., 1986.
Slinn, E. Warwick. "Deception and Artifice in *Idylls of the King*." *Victorian Poetry* II (1973): 1−14.
Smith, Elton Edward. "Tennyson Criticism 1923 − 1966: From Fragmentation to Tension in Polarity." *Victorian Newsletter*, no. 31 (1967), pp. 1−4.
———. *The Two Voices: A Tennyson Study*. Lincoln, Neb.: University of Nebraska Press, 1964.
Solomon, Stanley J. "Tennyson's Paradoxical King." *Victorian*

参考文献

Poetry I (1963): 258-71.

Southam, B. C. *Tennyson*. London: Longmans, 1971.

Staines, David. *Tennyson's Camelot: The "Idylls of the King" and Its Medieval Sources*. Waterloo, Ontario, Canada: Wilfrid Laurier University Press, 1982.

Stange, G. Robert. "Tennyson's Garden of Art: A Study of *The Hesperides.*" In *Critical Essays on the Poetry of Tennyson*, edited by John Killham, pp. 99-112. London: Routledge and Kegan Paul, 1960.

――――. "Tennyson's Mythology: A Study of *Demeter and Persephone.*" *English Literary History*, 21 (1954): 67-80.

Stapleton, Michael. *The Cambridge Guide to English Literature*. Cambridge, England: Cambridge University Press, 1983.

Steane, J. B. *Tennyson*. London: Evans, 1966.

Stevenson, Lionel. "The 'High-Born Maiden' Symbol in Tennyson." *Critical Essays on the Poetry of Tennyson*, edited by John Killham, pp. 126-36. London: Routledge and Kegan Paul, 1960.

Stokes, Edward. "The Metrics of *Maud.*" *Victorian Poetry* 2 (1964): 97-110.

Taafe, James G. "Circle Imagery in Tennyson's *In Memoriam.*" *Victorian Poetry* I (1963): 123-31.

Taylor, Beverly & Brewer, Elisabeth. *The Return of King Arthur*. D. S. Brewer. Barnes & Noble, 1983.

Tennyson, Alfred Lord. *Works, Annotated by Alfred, Lord Tennyson*. Edited by Hallam, Lord Tennyson. London: Macmillan, 1907-08.

――――. *Selected Poems from the Poetry of Alfred, Lord Tennyson*. Edited by W. H. Auden. Garden City, N.Y.: Doubleday, Doran and Co., 1944.

――――. *Selected Poetry*. Edited by Douglas Bush. New York: Modern Library, 1951.

――――. *Poems*. Edited by Mildred M. Bozman. New York: Dutton, 1965.

――――. *In Memoriam: An Authoritative Text, Background and Criticism*. Edited by Robert H. Ross. New York: Norton, 1973.

――――. *Tennyson: Poems Selected by Kingsley Amis*.

Harmondsworth: Penguin, 1973.

———. *In Memoriam: Text and Criticism.* Edited by Susan Shatto and Marion Shaw. New York: Oxford University Press, 1982.

———. *Idylls of the King.* Edited by J. M. Gray. New Haven: Yale University Press, 1983.

———. *The Poems of Tennyson.* Edited by Christopher Ricks. London: Longman, 1969. 2nd ed. 3 vols, 1987.

Tennyson, Sir Charles. *Alfred Tennyson.* New York: Macmillan, 1949.

———. *Six Tennyson Essays.* London: Cassell, 1954.

———. "The Idylls of the King." *Twentieth Century* 161 (1957): 277–86.

———. "The Dream in Tennyson's Poetry." *Virginia Quarterly Review* 40 (1964): 228–48.

———. "Tennyson's 'Doubt and Prayer' Sonnet." *Victorian Poetry* 6 (1968): 1–3.

———. "Tennyson: Mind and Method." *Tennyson Research Bulletin* I (November 1971): 127–36.

———, and Hope Dyson. *The Tennysons: Background to Genius.* London: Macmillan, 1974.

Tennyson, Hallam. *Alfred Lord Tennyson: A Memoir by His Son.* 2 vols. London: Macmillan, 1897.

———, ed. *Tennyson and His Friends.* London: Macmillan, 1911.

Tennyson, Hallam, ed. *Studies in Tennyson.* London: Macmillan, 1981.

Thomson, Alastair W. *The Poetry of Tennyson.* London & New York: Routledge & Kegan Paul, 1986.

Tillotson, Kathleen. "Tennyson's Serial Poem," in *Mid-Victorian Studies.* London, 1965.

Timko, Michael. *Carlyle and Tennyson.* Iowa City: University of Iowa Press, 1987.

Turner, Paul. *Tennyson.* London: Routledge & Kegan Paul, 1976.

Wheatcroft, Andrew. *The Tennyson Album.* London: Routledge & Kegan Paul, 1980.

Wilkenfeld, R. B. "Tennyson's Camelot: The Kingdom of Folly."

参考文献

University of Toronto Quarterly 37 (1968): 281-94.
―――. "The Shape of Two Voices." *Victorian Poetry* 4 (1966): 163-73.
Young, G. M. "The Age of Tennyson," in *Proceedings of the British Academy,* Vol. 25. London, 1939.

日本における文献

1　研究書・伝記
　　石川林四郎　『テニスンの詩研究』　研究社, 1921.
　　小田千秋　『テニスン』　研究社英米文学評伝叢書, 1929.
　　岡沢　武　『詩聖テニスン』　篠崎書林, 1953.
　　西前美巳　『テニスン研究 ── その初期詩集の世界』　中教出版, 1979.
　　西前美巳　『テニスン詩の世界』　中教出版, 1982.
　　西前美巳　『テニスンの詩想 ── 時代代弁者としての詩人論』　桐原書店, 1992.
　　平林美都子　『改訂 女と隠遁 ── テニスンの一九世紀』　山口書店, 1998.

2　翻訳
　　入江直祐　『イン・メモリアム』　岩波文庫, 1951.
　　入江直祐　『イノック・アーデン』　岩波文庫, 1953.
　　夏目漱石　「A・ウッド『詩伯テニソン』」『漱石全集』第22巻　岩波書店, 1957.
　　酒井善孝　『モード ── モノドラマ』
　　　『イギリス牧歌集およびその他の詩』（世界名詩集大成9　イギリス I）平凡社, 1959.
　　三宅逸雄　『テニスン新詩集』　日本文芸社, 1967.
　　岡沢　武　『英文学の三大哀歌』　篠崎書林, 1973.

3　詩集・注釈書・訳注書
　　酒井善孝　『イーノック・アーデン』　研究社小英文叢書, 1952.
　　吉竹迪夫　『イーノク・アーデンその他』　開文社英文名著選集, 1957.
　　吉竹迪夫　『イーノク・アーデンその他』　開文社英米文学訳注叢書, 1960.
　　斎藤　勇　『イン・メモリアム』　研究社, 1966.

4 評論・その他関連文献

酒井善孝 「テニスン」 東大教養講座『イギリスの文学』収録,1958.
島田謹二 「テニスンの『イン・メモリアム』」 新英米文学語学講座 13 『19世紀英文学』収録 研究社,1951.
斎藤 勇 「テニスンの詩話」 英語青年 1960年,9月号
三宅川 正 「テニスンとヴィクトリアニズム」 関西大学英語英文学会『英語英文学論集』第1号,1960.
入江直祐 「テニスン」 英米文学史講座9 19世紀Ⅲ 研究社,1961.
三宅川 正 「『イン・メモリアム』の芸術性」 関西大学英語英文学会『英語英文学論集』第6号,1962.
緒方英穂 「『イン・メモリアム』研究」 甲南大学文学会論集33,1967.
清水阿也 「テニスンの『国王牧歌』── 1「アーサー王の来臨」──」 東京学芸大学英学論考3,1971.
増谷外世嗣 「ヴィクトリア朝の詩」 講座英米文学史3 詩Ⅲ 大修館,1972.
江藤 淳 「テニスンと漱石(Ⅰ)(Ⅱ)」『漱石とアーサー王伝説』収録 東京大学出版会,1975.
加畑達夫 「Guivenere と Elaine ── *Idylls of the King* における二つの女性像」英文学試論─村岡勇先生喜寿記念論文集 金星堂,1980.
加畑達夫 「王冠と影 ── *Idylls of the King* におけるアーサー像をめぐって」 山形大学英語英文学研究27,1983.
R.バーバー (高宮利行訳)『アーサー王:その歴史と伝説』 東京書籍,1983.
R.キャヴェンディッシュ (高市順一郎訳)『アーサー王伝説』 晶文社,1983.
清水あや 『八行連詩 アーサー王の死』 ドルフィン・プレス,1985.
清水あや 『頭韻詩 アーサーの死』 ドルフィン・プレス,1986.
平林美都子 「*Maud* における隠遁の地:森と庭と海」 日本英文学会『英文学研究』Vol. 65, No.I, 1988.
平林美都子 「庭師の娘とテニスンの〈フレーム〉意識」 イギリス・ロマン派学会『イギリス・ロマン派研究』第13号,1989.

あ と が き

　題して『テニスンの言語芸術』。われながら、いかにも気宇壮大なタイトルのように思われて、いささか気恥ずかしい気持ちもあるものの、この書はテニスンという詩人の「詩とことば」なる視点からの論考を中心にしてまとめたという意味では、「言語芸術」という言葉が何としても相応しく思えてならないのが、偽らざる実感である。この書の内容の出来については、もちろん内心忸怩たるものがあるのは、いつも出版のたびごとに味わう気持ちである。

　平成9年3月、永年勤めさせて頂いた鳴門教育大学を定年退官したが、その折り、「わがこころの風紋」と題して「テニスン研究40年の回顧」という文章を綴って、皆さんに出版して頂いた『退官記念論文集』の冒頭に掲載する機に恵まれた。その文章の最終部分のところで私は以下のように書いている。「…定年後も体力や気力の続くかぎり、この詩人の研究を続けたいものであるが、何よりも実現したいのは、テニスンの訳詩集の刊行であり、またもう1冊、例えばテニスン論考とでも題して「研究書」を上梓したいと念じている。研究誌に発表したものが10編ほどあるので、それらを再考・整理し直し、まとめてみたいと思っている」と。――今回上梓と相成ったこの書は、上掲引用文に触れている「研究書」のことである。テニスンの訳詩集のほうはまだまだこれからの仕事で、全訳となると、ひとりの力では到底不可能であろうが、「名詩篇」というか「秀吟・名篇の訳詩選」というものなら手が届きそうなので、このほうの訳は、いずれ近々出版したいと念じている。今まで上梓した私の研究書には、引用詩篇はすべて

訳詩（試訳）を施しているので、それらを編纂し直して一本にすれば、300ページほどの分量になろうかと思っている。

さて、この書の第1部第1章「序にかえて —— いま、テニスン芸術をどうとらえ直すか」という文章は、『英語青年』の平成5年新年号の巻頭論文である。実は平成4年夏頃、当時この編集長をされていた守屋岑男氏から、世界的に行なわれている「テニスン没後百年祭」の一環として『英語青年』も「テニスン特集」を企画しているので、4、5名のテニスン研究者を推薦してほしいというご依頼があった。私は渡りに舟、欣喜雀躍して大いにハッスルしたものであった。これはその折りの文章である。この時すでに「テニスン芸術」とか「テニスンの言語芸術」ということばを用いているので、この書のタイトルの考えが、私の意識の中に芽生えていたことがわかる。新進気鋭のテニスン研究者のご協力によってこの特集は大成功をおさめたと自負しているが、あれからもう7年も経ってしまった。

私の学位論文（平成4年12月刊・『テニスンの詩想 —— ヴィクトリア朝期・時代代弁者としての詩人論』）では、テニスンの初期・中期・そして後期という3つの期間にわたる詩業について、総括的、全体的に研究したが、この書ではそれらの中で触れることのできなかった他の特異な詩篇、例えば『王女』のなかのソング群、「ヘスペラスの娘たち」「ロックスレー・ホール」「ティソウナス」といったテニスンの言語芸術の真骨頂が窺われる詩篇を「テニスンの絶唱を読む」と題して第1部にまとめてみた。詩形の面からも特異な魅力を誇る『モード』や『イン・メモリアム』などの特質についても触れている。

第2部では、ロマン主義の揺曳や残響がいかにテニスン詩の中にみられるかを3つの章にわけて論じ、テニスンの言語芸術としての魅力

あとがき

と特質に迫ったつもりである。特にキーツというロマン派詩人との連関に焦点を当てて考えてみたが、この問題は尚紙数をかけてもっと論ずべきものであろう。

　この書の中で特記すべきものを2、3取り上げると、先ず第1部第7章である。これは私が長年ご指導を仰いできた大先輩・上杉文世教授が「中国文化賞」という、誠に大きな、名誉ある賞を受賞された折り、その慶祝の意を込めて刊行された記念論文集『英詩評論──特集号』に参画させて頂いた論考である。また、上杉教授とともに私の学位論文を審査して頂いた上島建吉教授（当時、東大）が編集委員会代表として刊行された『イギリス・ロマン派研究－思想・人・作品』に参画・執筆する機会を与えられたのが、第2部第1章の「テニスンとロマン派詩人たち」である。上島教授には種々ご指導を頂き、その学恩は計り知れないものがある。また、第2部第2章「キーツとテニスン」は平成7年10月開催されたイギリス・ロマン派学会全国大会のシンポジウムに講師として参加・発表させて頂いた論考に加筆・補正を施したものである。このシンポジウムは水之江有一氏によって企画・立案されたものである。

　以上、このほかいずれの論考も「学びのえにし」「人のえにし」をしみじみと感じざるをえないものばかりであり、ここにこのように一本にまとめ直してみると今更のようにそれを実感するのである。

　このたび、本書の上梓にあたり、開文社出版の安居洋一社長には格別の、あたたかいご配慮にあずかり、ここに深く感謝の意を表したい。

　最後に、このささやかな書物が、テニスンの詩歌を愛好し、研究をつづけられている方々をはじめとして、広く一般に、イギリスの詩歌に関心をもたれているみなさんに、すこしでもお役に立つことを心か

ら念じるばかりである。

2000年（平成12年）盛夏

西 前 美 巳

初 出 一 覧

第1部　テニスンの絶唱を読む
 第1章　研究社出版『英語青年』平成5年新年号・特集「アルフレッド・テニスン再評価」の巻頭論文「いま、テニスン芸術をどうとらえ直すか」
 第2章　英宝社刊『河井迪男先生退官記念論集』平成4年3月、テニスンの言語芸術 ── 『モード』のなかの愛誦抒情詩篇
 第3章　鳴門教育大学『研究紀要』（人文・社会科学編）第2巻 昭和62年3月、テニスンの『王女』の抒情詩・考
 第4章　鳴門教育大学『研究紀要』（人文・社会科学編）第1巻 昭和61年3月、神話と象徴 ── テニスンの「ヘスペロスの娘たち」論
 第5章　鳴門教育大学『研究紀要』（人文・社会科学編）第10巻 平成7年3月、テニスンの'Locksley Hall'考
 第6章　愛媛大学英文学会『ヘリコン』第31号、昭和54年3月、テニスンの「ティソウナス」試論
 第7章　上杉文世博士・中国文化賞受賞記念出版書『英詩評論』平成4年6月、テニスンの「イン・メモリアム=スタンザ」

第2部　ロマン主義の揺曳と残響
 第1章　イギリス・ロマン派学会編（編集委員会代表・上島建吉）『イギリス・ロマン派研究 ── 思想・人・作品』昭和60年10月、テニスンとロマン派詩人たち
 第2章　イギリス・ロマン派学会『イギリス・ロマン派研究』第21号、平成9年3月、キーツとテニスン
 第3章　上杉文世編『光のイメジャリー ── 伝統の中のイギリス詩』昭和60年8月、この中の「第6章　イギリスの詩人たち」の中の「テニスン」の項

索　引

和文の部

アガトン, 161
『アシニーアム』, 197
アーサー王, 215
アーノルド, 181
阿弥陀仏, 211
「アラスター」, 189-90
アリストテレス, 161
アレゴリー, 215
「安逸の人々」, 93
アンビヴァレンス, 93-4
「イザベラ」, 186-7, 198
イェイツ, 204
「イノーニー」, 28, 73
『いましめを解かれたプロミーシュス』, 73
インターラーケン, 68
『イン・メモリアム』, 129, 183, 208-14
「イン・メモリアム＝スタンザ」, 163-77
隠喩表現, 133
上杉文世, 235
上田和夫, 189
「海の妖精たち」, 93
ヴァージル, 46
ヴィクトリアニズム, 3-5

『ヴィーナスとアドニス』, 55
『英国人の雑誌』, 197
『エヴァースリー版全集』, 26, 99, 184
『エジンバラ評論』, 195
エリオット, T.S., 75, 90, 204
『エンディミオン』, 73, 195, 197-8
岡地　嶺, 200
王室下賜年金, 135
『王女』, 30-72, 214
オーナメント, 61

貝殻の詩, 22
カザミヤン, ルイ, 212
ガザル, 61-2
上島建吉, 235
感傷的誤謬, 21
間奏曲, 34
『季刊評論』, 8, 75, 195
キーツ, 73, 181-3, 186-8, 193-203
「驚異の年」, 8
ギリシア神話, 73, 87, 141, 158
キングスレー, C., 67
グレイ, T., 51
「クーブラ・カーン」, 76, 83, 185, 190-1
クローカー, J.W., 75, 195

桂冠詩人, 12
「軽騎兵突撃のうた」, 9
「芸術の王宮」, 93, 151, 189-92
劇的独白, 13, 163
「航海」, 215
『国王牧歌』, 9, 73, 214
「古代の賢人」, 183
誇張法, 18
『コーマス』, 74, 76-7
「コックニー・スクール」, 196
コールリッジ, 68, 83, 185, 190-1

サッカレー, 106, 142
サリバン卿, A., 55
「詩人」, 83, 184-5
「詩人の心」, 83, 184-5
『失楽園』, 158
使徒団, 182-3, 193
『詩の弁護』, 185
『尺には尺を』, 186, 198
「シャロット姫」, 73, 204-8
シェイクスピア, 55, 128, 186, 198
シェリー, 58, 73, 182-5, 188, 194-6
弱強4詩脚, 165
「10年にわたる沈黙」, 196
象徴詩, 215
『象徴主義と英詩』, 212
象徴派詩人, 202
「神秘主義者」, 183
スウィンバーン, 106
スケープゴート, 3
スコット, W., 194
スタンヂ, G.R., 82, 88, 93
スプラング・リズム, 163
「聖アグネス祭前夜」, 188
清浄光, 211
「聖杯」, 183
セルウッド, E., 37
センチメンタリズム, 44, 50

『1830年詩集（主として抒情作品）』, 183, 190
『1832年詩集』, 141, 198
『1842年詩集』, 30, 141, 215
「創世記」, 131
「ソロモンの歌」, 68

タッカー, H.F., 199
『タトラー』, 194, 197
『タンバレン大帝』, 78
直喩表現, 126
チョーサー, 5
「燕の唄」, 55
『デカメロン』, 186
出口保夫, 187
「ティソウナス」, 73, 87
テニスン, A., 193-203
テニスン, C.（叔父）, 196
「遠き彼方」, 183
撞着語法, 16
トレンチ, R.C., 190, 193
頓呼法（アポストロフィー）, 66-7

『ニュー・マンスリー・マガジーン』, 196
ヌーベル・バーグ, 3, 11
ノース, C., 197
「ノック・アウト・スタイル」, 196

「ハイペリオン」, 73
バイロン, 68, 182-3, 194
バックレー, J.H., 201
ハーディ, 163
『ハノーの航海記』, 78
ハラム, A., 47-8, 193, 197
ハント, L., 194, 197
ピタゴラス学派, 100
「日の出前の賛歌」, 68
「雲雀に寄せて」, 188

「深き淵より−2つの挨拶」, 183
『2人兄弟の詩集』, 192
ブラウニング, 16
ブラウニング夫妻, 106
ブルワー, 196
「ヘスペロスの娘たち」, 73-101
ヘラクレス, 87-8
ペンタグラム, 88-9
ポー, E., 106
ボッカチオ, 186
「墓畔哀歌」, 51
ホプキンズ, 163
ホーマー, 161
ホランダー, J., 199-200
ホール, M.P., 100

マクルーハン, H.M., 202
マホメット, 104
マラルメ, 204
「マリアナ」, 92, 186-8, 198-203
「マーリンときらめき」, 216
『マルタ島のユダヤ人』, 78
マーロー, 78
『マンスリー・レポジトリー』, 197

『マンフレッド』, 68
水之江有一, 235
ミル, J.S., 75, 198
ミルトン, 74, 158, 161, 186, 198, 207
無碍光, 211
無辺光, 211
無量光, 211
メタファー, 83, 211
モクソン, E., 66
『モード』, 9, 12-29

「ユリシーズ」, 73, 93, 135, 215
ユーリピデス, 161
ユング, 100
『楽園喪失』, 207
類語反復, 21
「ルクレーティウス」, 73

ローエル, 106
『ロミオとジュリエット』, 21
ロングフェロー, 106
『ロンドン評論』, 197

ワーズワス, 3, 12, 47-8, 181, 194, 218

欧文の部

Alcmena, 38
alternate rhyme, 165
ambiguity, 50
'Amphion', 141
Amriolkais, 104
Apollo, 158, 160
Astrophel and Stella, 169
'Audley Court', 31, 44
Aurora, 141
Austin, A., 9
'Aylmer's Field', 105, 111, 120

Baring, Rosa, 16, 117-8
Baum, P.F., 4
Becket, 9
'Blackbird, The', 168
Blackwood's Edinburgh Magazine, 197
'Brook, The', 31, 105
Brooks, Cleanth, 46
Brownings, The, 7
Buckley, J.H., 5
Bugle Song, 40
Bulwer, 75
Bush, D., 46, 76, 120

Carew, T., 169
Cavalier lyrists, 169
'Civil List', 135
Cockney classic, 75
Cook, A.S., 68
Contemporary Review, 45
Cornhill Magazine, 142
Cup, The, 9

Daphnis and Chloe, 170
Dawson, S.E., 46, 67

'Death of Oenone The', 141
Defoe, D., 32
'Demeter and Persephone', 141
Dickens, 8
Donahue, M.J., 141
dramatic monologue, 160
Dwight, J., 75
Dyson, H., 6

Edward Lear's Tennyson, 135
'Edwin Morris', 111, 120
Eliot, G., 9
Eliot, T.S., 4
enclosed rhyme, 165
Enoch Arden, 157
Epithalamion, 18

Faber, G.S., 92
Falcon, The, 9
Falconer, 78
Fox, W.J., 197
'Freedom', 216

'Garden, The', 170
'Gardener's Daughter, The', 157
ghazal, 61
Gilfillan, G., 119
Gladstone, 7
'Golden Year, The', 31
Gosse, E., 9
Grierson, H.J.C., 46
'Guinevere', 215
Gwynn, F.L., 157

Hallam A., 7
Haight, G, S., 218
'Hail Briton', 168
Hamlet, 68
Hardy, T., 9

Harold, 9
Hellstrom, W., 102-3, 136
Henderson, P., 6
heroic couplet, 166
Hesper, 92
'Hesperides, The', 73-101, 141
Herbert, G., 169
Horace, 128
Hough, G., 46
hyperbole, 18

In Memoriam, 12
interior rhyme, 40
interlude, 28, 34
Irving, Henry, 9

James, H., 9
Jobes, G., 210
Johnson, S., 32
Jonson, B., 169
Jupiter, 154

Keble's Evening Hymn, 165
Killarney, 40
Kingsley, C, 105
Knowles, J.T., 45

'Lady Clare', 105
'Lady of Shalott, The', 61
Laomedon, 158
Lear, E., 7
Leavis, F.R., 204
'Locksley Hall', 102-40
Longfellow, 9
Lord Herbert of Cherbruy, 169
Lord Northhampton, 28
'Lotos-Eaters, The', 70, 141
'Love's Philosophy', 58
'Love thou thy land', 168

Lowell, J.R., 9

Marvell, A., 170
Martin, R.B., 7
Maud, 12-29, 111
McLuhan, H.M., 120
Memoir, 44, 104-5, 119, 130, 142
'Miller's Daughter, The', 31
Moallakat, 104
Monodrama, 13
Murry, J., 195

'Oenone', 141, 157
Ormond, L., 126
oxymoron, 16
Neptune, 158
Nineteenth Century, The, 45

paradox, 47, 50
Paraphrase of the Psalms, 169
pathetic fallacy, 21, 208
'Pelleas and Ettarre', 111, 120
Phoebus, 158
'Phoenix and the Turtle, The', 128, 169
Phosphor, 92
Pitman, R., 135
Pitt, V., 204
Poet of the Age, The, 3
Poet of the People, The, 3
Poseidon, 158
Princess, The, 30-72
Pringle, T., 130

Queen Mary, 9
Queen Victoria, 7

Rader, R.W., 5, 127
Rasselas, 32

Richardson, J., 5
Ricks, C., 6, 10, 61, 78, 92, 130, 132, 198, 218
Rosa, 6, 120, 122-3, 127
Rossetti, 7
run-on-lines, 168

Sandys, E., 169
'Sea Dream', 31
Sellwood, E., 6, 12
'Semele', 141
Separation of Lovers, 169
Shafto, R.D., 119-21, 123-5
Shakespeare, 169
Shannon, E.F.Jr., 8, 135
shell lyric, 22
Sidney, Sir Philip, 169
Stedman, 66
'Swallow Song', 51-6
'sweet and low', 35-7
Swinburne, 9

Taylor, B., 69
'Tears, idle tears', 42-51
Temple, The, 169
Tennyson, Charles, 6, 105, 118
Tennyson Research Centre, 62
Theocritus, 38, 67-8

Thorn, M., 136
Tintern, 45
'Tintern Abbey Lines', 47
'Tiresias', 141
'Tithon', 141-2
'Tithonus', 141-62
transferred epithets, 50
Tribute, The, 28
Trinity MSS, 10
trochaic, 169
True Sun, The, 197
Turner, P., 188-9

'Ulysses', 141-3
Underwood, 169

Victorian Poets, 66

Wallace, 58
Watts, T, 9
Westminster Review, The, 197
Whitman, 9

Yang, C.Y., 8
'You ask me, why, tho' ill at ease', 168

Zeus, 154

西前美巳（にしまえ　よしみ）

1931年　徳島県に生まれる。
広島大学文学部英文科卒、同大学院修士課程修了。
イギリス文学専攻。1976年2月渡豪、国立キャンベラ大学客員講師として1か年、教育・研究に従事。
1985-86年、文部省在外研究員として、英国ケンブリッジ大学及び米国ペンシルヴェニア大学にて研究。
1990年6月、学術博士（広島大学）取得。

現在　徳島文理大学文学部教授
　　　鳴門教育大学名誉教授

イギリス・ロマン派学会（全国）理事、中・四国イギリス・ロマン派学会副会長及び理事、鳴門英語教育学会会長など歴任。

主著『テニスン研究』（中教出版、1979）
　　『テニスン詩の世界』（中教出版、1982）
　　『テニスンの詩想──時代代弁者としての詩人論』
　　（桐原書店、1992、博士論文刊行書・文部省助成出版）
　　『イギリス文学の世界とその魅力──時代の流れに沿って』（渓水社、1996）

テニスンの言語芸術

2000年10月10日　初版発行

著　者	西　前　美　巳
発行者	安　居　洋　一
組　版	前田印刷有限会社
印刷所	平河工業社
製本所	株式会社難波製本

〒160-0002　東京都新宿区坂町26
発行所　開文社出版株式会社
電話(03)3358-6288番・振替00160-0-52864

ISBN4-87571-959-0 C3098